이왕이면
집을 사기로
했습니다

일러두기

☞ 책에 등장하는 법률과 정책은 2023년 4월 기준입니다.

☞ 업체명과 건물명은 전부 가명으로 표기하였습니다.

결심

필요한 것은
판단력과 결단력!!!

결정 스트레스 +++ **집 방문**

 기계약 조마조마⋯ **대출**

설렘 최고치!

일주청소 허둥지둥~ **도배·장판**

 이사 나오기

ADVENTURE OF HOUSE HUNTING

지역 결정 지친 몸 … 예산 설정

 임장 검색

흔들리는 마음

알아보기  계약 잔금

 등기 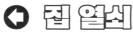 집 열쇠

용기 재충전!

이사 들어가기  드디어, 내 집

적응 중 … 살만한 집, 할만한 일, 한 사람

모험을 떠나며

집을 사면 사람이 달라지나요?

사는 곳이 바뀌면 사람이 달라진다는 말이 있던데 누가 한 말이지? 인터넷 검색 결과로는 사는 곳이 달라지면 만나는 사람이 달라지고, 그 영향을 받아 나의 생각과 행동도 달라지고, 그 결과 다른 사람이 된다는 뜻이란다. 더 열심히 정확한 출처를 찾아보니 일본의 경제학자 오마에 겐이치가 쓴 『난문쾌답』이라는 책에 시간을 달리 쓰는 것, 사는 곳을 바꾸는 것, 새로운 사람을 사귀는 것 이 세 가지 방법이 아니면 인간은 바뀌지 않으며, '새로운 결심을 하는 것'은 가장 무의미한 행위라고 나와 있다고 한다. 내일은 오늘보다 보람찬 하루를 살아야겠다고 결심과 다짐을 주로 하는 사람으로서 뜨끔했지만 혹시 다른 방법은 없나 싶어서 '사람이 바뀐다'로 검색을 더 해봤다. '공간이 바뀌면', '책을 읽으면', '음식이 바뀌면', '습관이 바뀌면', '생각이 바뀌면' 같은 광고가 많이 나온다. 그렇지, 뭐라도 바뀌고 새로운 걸 접하면 그 영향으로 사람이 달라지긴 하겠지. 그나저나 달라지고 싶은 사람들이 이렇게 많구나. 다른 사람이 되고 싶다는 마음은 유난하지 않다. 나 역시 지금처럼 살고 싶지 않다고 느끼는 순간이 많았다.

나는 사는 곳을 여러 번 바꿔봤다. 세상에, 최근엔 집도 샀다. 집을 사면 사람이 달라진다는 말은 못 들어봤지만 세입자냐 소유주냐에 따라 뭐라도 상황은 달라질 테니 위의 논리로 따지면 나라는 사람은 달라져야만 할 것 같다. 사람은 자기도 모르는 사이에 달라지기도 하던데, 변화는 언제 어떻게 찾아오는 걸까. 연고도 없는 지역으로 거주지를 옮기고, 집을 사는 대모험을 감행하면서까지 내가 기대했던 건 무엇이었을까. 나는 정말 변했을까.

사는 곳이 바뀌면 분명 생활은 달라진다. 매일 보는 풍경, 들리는 소리, 만나는 사람, 먹는 음식이 달라진다. 그런데 사람이 달라진다는 것이 무슨 의미냐, 나의 무엇이 달라졌느냐 되묻는다면 변한 것도 있고 그대로인 것도 있다는 하나 마나 한 소리를 할 수밖에 없다. 변화란 굳이 거주지를 바꾸지 않아도 시간이 흐르면 생기기 마련이고 어디에서도 나는 나로 살아간다. 자리에 따라 사람이 바뀐다는 말, 사람은 절대로 고쳐서 쓰지 못한다는 말 양쪽 다 어느 정도는 맞는 것처럼.

2015년 8월 6일, 나는 도시에서 시골로 이주했고 8년 가까이 살다가 2022년 6월 24일, 다시 도시로 이주했다. 거주 환경에 따라 사람이 바뀐다는 말을 믿어서라거나 반대로 그 말이 틀렸음을 증명하려고 일부러 그런 건 아니었다. 그저 어쩌다 보니 서울에 살다가 인구 10만의 도농 복합지역 완주에 직장을 얻었고 계속 그곳에 살았을 뿐이다. 취업이나 귀농·귀촌을 당면 과제로 삼지는 않았지만 내가 원하는 방식과 속도로 행복하게 살고 싶다는 다소 헐렁한 삶의 목표를 갖고 있었기에 시골살이를 결심했다. 당시 도시 생활에 불만이 많았던 건 인정해야겠다. 사는 곳이 달라진다고 다른 사람으로 새롭게 태어나리라 기대하진 않았지만 조금 나아지기를, 그러니까 불안과 우울과 괴로움 같은 게 줄어들기를 바라기는 했다.

그곳에서 어떻게 지냈더라. 시골살이가 주는 평온한 기쁨과 시골이라 겪을 수밖에 없는 쓸쓸한 어려움을 만끽했다. 즐겁게 지내보려고 새로운 일을 꾸렸고, 먹고 살기 위해 하기 싫은 일도 했다. 도시에서처럼 싸우고, 괴로워했고, 일을 그만뒀다. 도시를 벗어났는데 여기서도 나는 왜 여전히 불안하지? 이렇게 평화로운 곳에서 다정한 사람들과 함께 지내는데 왜 편안하지 않지? 귀촌이 이렇게 외롭고 힘들 일인가? 아름답고 고요한 이곳을 좋아하는데 왜 지금 삶에 불만을 느끼지?

완주에서 살던 동네는 눈 돌리면 바로 들과 강이 보였다. 할 일이 없을 땐 듬성듬성 난 낮고 작은 상가 사이를 한가하게 걷거나 좁고 한산한 시골길을 자전거로 달렸다. 가끔 서울에 가면 다시 도시에서 살 수 없겠구나 확인하곤 했다. 하늘이 보이지 않을 정도로 높은 건물이 시야를 가리고 도로는 차와 사람으로 가득했다. 시골에선 좁은 인간관계 때문에 답답하기도 하고, 새로운 사람을 만나거나 흥미로운 일이 벌어질 가능성이 낮아서 놀기엔 무료하지만, 자연이 가까이 있어서 아쉬움을 달랠 수 있었다. 그래서일까, 완주살이에 불만을 느끼면서도 도시에서 살 때보다는 행복하다고 느꼈다. 흔들리면서도 충분히 잘 살았다. 농사를 지었더라면 달랐을까. 예측할 수 없는 날씨와 계절을 지나고, 하늘과 땅과 대화하며 작물을 돌보느라 심심할 틈 없이 살

앗을 것이다. 신비로운 자연에 거듭 감탄하며 자연과 함께 살아가는 나로 변해갔을지도 모른다. 그런데 나는 흙 옆에서도 그런 사람이 못 되었다. 자연은 언제나 나를 품어주었지만 이제는 다른 세계로 나가고 싶어졌다. 그곳이 어디일지는 정해지지 않았지만 떠날 때가 되었다는 생각이 들었다. 이제 됐다. 그동안 애썼고 다음 단계로 가자.

나는 사는 곳을 바꿔도 다른 사람이 되지 않았다. 빠르고 복잡한 데다 빡빡한 도시의 밀도도, 정지 화면 같은 시골의 지독한 평온도 숨 막히고 갑갑하기는 마찬가지였다. 그럼에도 마음에 딱 드는 환경을 찾아내고 싶은 욕심, 주변을 그렇게 만들고 싶은 희망을 아직 버리지 못했다. 이제 나는 어쩌나, 나라는 사람은 어디서 살아야 행복할까. 싫증을 자주 내고 불만이 많은 변덕쟁이인 나, 고즈넉한 주변 환경과 아름다운 자연을 좋아하는 나, 친구들과 새롭고 신나는 경험을 계속하고 싶은 나를 그나마 만족시킬 수 있는 곳은 어디일까.

그래서 이번엔 인구 150만의 대도시 대전이다. 그것도 집을 사서 왔다. 나는 다른 사람이 되었을까? 그럴 리가. 여전히 잔잔하게 불안하다. 그래도 좋은 편이다. 배달음식의 축복과 도심 한복판의 활기에 감탄하고 제법 가까운 곳에 공원이 있어 아쉬운 대로 산책도 한다. 아직 이사온 지 얼마 지나지 않아 신이 나지만 언젠가 우울하고 괴로운 마음도 찾아올 것이다. 내 집이 생겼다고 해서 든든하다거나 여유롭다거나 집이 더 편안하게 느껴지는 건 아니다. 오히려 무슨 문제가 생기면 이제 집주인에게 연락하는 게 아니라 내가 직접 다 알아서 해야 할 텐데 골치 아프겠네, 라는 생각이 먼저 들기도 한다.

뭐지? 조금 두려운 듯하지만 그게 다가 아닌 감정, 마냥 좋은 건 아니지만 굳이 말하자면 뿌듯한 이 감정, 익숙하다. 혼자 모르는 곳으로 여행을 떠나기 전날 기대되고 신나면서도 고생할 게 뻔히 보여 무섭고 귀찮아져서 되려 가기 싫어지던 마음, 고장 난 물건을 고친답시고 손을 댔다가 완전히 더 망가뜨리지는 않을까 걱정하면서도 호기심을 이기지 못해 분해하던 순간의 긴장감 같은 것. 그럴 때마다 어렵고 두렵지만 하고 싶은 마음이 더 컸다. 늘 잘 풀리진 않았지만 지나고 나선 언제나 하길 잘했다고 생각했다.

집을 사길 잘했다. 불안과 불만은 사라지지 않고 계속 따라다니겠지만 더이상 집 걱정을 안 해도 된다는 사실은 꽤나 안정적인 느낌을 준다. 2년 후에도 계속 살 수 있을지 없을지 걱정해야 한다면, 감당할 수 없을 만큼 집세를 올려줘야 한다면, 주인이 직접 살겠다고 그만 나가라고 한다면, 도저히 그냥은 넘어갈 수 없는 고장을 고쳐주지 않는다면, 원상복구 해놓고 가야 한다는 조건 때문에 나의 취향과 편의를 포기해야 한다면, 마음 편히 그 집에서 살 수 있을까. 집을 소중히 여기고 아껴 쓰는 마음은 귀하지만 빌려온 남의 것을 그대로 보존하기 위해 잔뜩 긴장하고 조심해야 한다면 너무 피곤할 것이다. 사기 전에 입어보는 옷, 매장에 전시된 가구, 하룻밤을 신세 지는 숙박업소도 아닌데 마음 놓고 쉴 수 없다면 내 집이라고 할 수 있을까.

자가가 아니라고 해서 임시의 삶은 아닌데, 사는 게 참 힘이 든다. 주거권은 인간다운 삶을 살기 위한 기본인데 '영혼까지 끌어다 노오력' 해도 자가는 쉽지 않은 일임을 우리는 너무 잘 안다. 문제 해결이 개인의 몫으로만 여겨지지 않기를, 집값 안정이니 부동산 정책이니 국가와 사회가 해야 할 몫을 제대로 하기를 바랄 뿐이다. 의무와 책임이 있는 사람, 적극적으로 활동하는 사람, 관심을 놓지 않고 지켜볼 사람 모두 각자의 자리에서 잘 해보자고 다짐을 해본다. 결심만으로는 세상이 달라지지 않는다고 하지만 우선 결심하고 조금씩이나마 나의 이야기를 시작하는 일, 부끄럽지만 솔직하게 생각과 경험을 나누는 일이 지금의 내 자리에서 할 일이라고 생각한다.

혹시라도 내 이야기가 집 없는 이를 속상하게 하거나 집 있는 이의 속 보이는 자랑으로 비춰질까 걱정도 된다. 부동산이나 재테크에 관심조차 없던 사람이었으니 이 분야의 정보와 지식도 부족하고, 집에 대한 뚜렷한 철학과 소신이랄 것도 없었다. 그저 여전히 뿌옇게 흐린 인생길에서 방황하고 사는 와중에 어쩌다 보니 집을 샀다. 해보기 전엔 딴 세상일이라고 생각했는데 직접 겪어보니 그런 것만은 아니었다고, 나한텐 이런 의미였다고 이야기하고 싶었다. (어쩌다 보니 집을 산다는 게 가당키나 하냐 싶겠지만 서울이 아니어서 가능했을 것이다.)

집을 사기로 결심하고 구하고 갖기까지 뭐 하나 제대로 아는 것도 없는 상태에서 더듬더듬 방법을 찾고 실수하고 자책하며 조금씩 나아갔다. 집을 산다는 건 재정적으로, 법률적으로, 심정적으로 엄청나게 큰 사건이었다. 너무 잘하고 싶어서 다그치고, 타인의 평가에 쩔쩔매고, 자신을 의심하고 부정하는 모습은 새삼스러울 것도 없었다. 그래도 결국 해냈다. 장하다. 많은 사람들이 다정한 응원과 도움을 주었기에 가능한 일이었다. 그 은혜에 보답하기 위해 나는 할 수 있는 한 친절하고 자세하게 집을 구하는 모든 과정을 책에 담았다. 사소한 걱정과 고민, 창피한 감정과 유치한 생각도 그대로 썼다. 모험을 떠나는 사람은 앞서간 사람의 모든 기록이 궁금할 거라는 믿음으로. 당신의 모험을 응원하는 마음으로. 우리의 도전을 치하하며!

모험을 떠나고
싶은 이유

'자가'보다 세탁 세제

사람들은 회사를 자주 그만두고 여행이나 다니는 내가 있는 집 자식처럼 보였나 보다. 멋대로 살 수 있었던 까닭은 경제적으로 넉넉한 집안 형편 덕분이라기보단 철없는 막내딸이 하고 싶은 대로 내버려두는 널널한 집안 분위기와, 그렇게 할 수밖에 없도록 만든 막내딸의 뾰족한 성정 덕분이다. 그래도 가족의 생계를 책임지지 않고 나 하나만 건사하면 되는 환경은 운이 좋은 게 맞다. 서울로 상경해 대학을 다니고 사회생활을 시작할 때 작은언니와 함께 살며 그의 보살핌을 받았던 건, 당시엔 전혀 인정하지 않았지만 경제적으로나 정서적으로 큰 도움이 되었다.

중고등학생 시절에도 언니와 자취하며 인근 대도시에서 유학 생활을 했다. 학생 때는 내 방만 따로 있어도 좋겠다 싶었지만 사회인이 되니 독립이 하고 싶었다. 당시 다니던 직장 근처에 보증금 500만 원에 월 20만 원 정도의 반지하 빌라 월세가 있었고, 나는 그 집으로 나가 살고 싶으니 언니에게 돈을 빌려달라고 했다. 앞뒤가 안 맞는 걸 지금은 알지만 그때는 정말 몰랐다. 엄마는 고작 둘이 살면서 왜 나가 살고 싶어하는지 이해하지 못했고 자꾸 둘이 싸웠냐고만 물었다. 오빠는 젊은 여자 혼자 빌라 지하에 사는 게 얼마나 위험한지 네가 알기나 하냐며 가출 같은 소리 하지 말라고 했다. 아빠는 뭐라고 했었는지 기억이 안 난다. 아마 이야기가 전해지지 않았던 것 같다. 정말 독립이 하고 싶었다면 혼자 돈을 모아서라도 실행했을 텐데 잠깐 그러다 말았고 500만 원이 처음 모였을 땐 집이 아니라 중고차를 샀다. 그리고 1년 뒤 모은 돈을 가지고 호주로 워킹 홀리데이를 떠나 기간제 독립을 체험했다. 옆 동네로 따로 나가 살면 '가출'이지만 다른 나라로 떠나는 건 '어학연수'니까.

　나는 수입이 많지 않았고 돈을 불리는 데 재능도 관심도 없었지만, 돈을 많이 쓰는 편이 아니었다. 갖고 싶은 것도 별로 없었다. 동거인이던 작은언니는 살뜰하게 나를 챙겨 가사 노동과 살림 비용의 대부분을 부담했다. 나는 고마운 줄도 모르고 그 돌봄 상황이 나를 종속적이고 나약한 인간으로 만든다고 생각했다. (동등한 구성원이 되고 싶으면 생활비를 내고 노동을 분담하면 되잖아! 아니 저도 그러고 싶은데 언니는 너무 부지런하고 저는 반 발짝 게을러서, 제가 청소나 빨래, 설거지를 하려고 하면 언니가 그전에 다 해버린단 말이에요. 그래놓고 나한테 원망하는 눈빛도 없고 자기가 해버리는 걸 편하게 생각하고. 가끔 내 방도 치워주는 게 난 고마우면서도 싫은데, 그런 동생의 마음 정말 아무도 모르시나요?)

　호주에 1년 나가 살면서 살 곳을 직접 구하고 청소도 빨래도 생활비 지출도 알아서 해보니 싫은 마음은 사라지고 언니에 대한 고마운 마음만 남았다. 깨닫고 돌아온 자는 가족들이 원하고 남들이 하는 대로 취직하고 승진하고, 결혼하고 아이를 낳아 기르고, 돈을 모으고 집을 사겠다는 다짐을 하… 지 않고 어떻게 하면 지긋지긋한 회사 생활을 하지 않고도 굶지 않고 행복하게 살 수 있을까 고민했다. 나는 다르게 살고 싶었다. 그럼에도 결국 사람은 자기 경험 안에서 미래를 상상하게 된다. 결혼해서 집 사고 아이 낳는 사람의 대안으로 내가 찾은 사례는 공동체 생활을 하거나 시골에 직접 집을 짓는 정도였다. '다른' 삶은 어떤 의미에서는 뻔한, 어느 정도 예측 가능한 모습이었다.

호주에서 가족과 떨어져 산 이후 두 번째 독립은 여행 생활이었다. 호주에서 돌아온 뒤에 이민을 준비하거나 산속으로 들어가 자연인으로 살 깜냥이 안 되었기 때문에 다시 그렇고 그런 회사에 취직을 했었다. 그런데 역시 회사는 재미없었다. 몇 차례 이직을 반복하다 도저히 다시 일할 엄두가 나지 않아 정해놓은 예산 500만 원이 떨어질 때까지만 여행자로 지내보기로 했다. 호주에서 농장 일을 하던 때처럼 오늘만 생각하며 살았다. 남의 집에서 신세를 지거나, 숙식을 제공하는 곳에서 일하면서 4년여를 살았다. 그렇게 돌아다니면서 살던 때에도 식재료를 직접 사다가 해 먹고 설거지하고 청소하고 빨래하고 다 했으니 알아서 생활을 책임지는 독립생활이라고 생각했다. 그러던 어느 날, 세탁 세제를 사러 간 마트에서 뭘 사야 할지 몰라 한참 머뭇거리다가 비로소 깨달았다. 나는 그제야 처음으로 세탁 세제를 사봤던 것이다.

호주에서는 운 좋게 일터에서 다용도 비누를 얻어다 썼기 때문에 내 살림을 위해 어떤 세제를 살까 고민하지 않아도 됐다. 여행자 숙소에서는 구비된 설거지용 세제와 세탁 세제를 쓰거나 필요할 때마다 한 번 쓸 만큼씩 소분된 것을 살 수 있었다. 그러다 처음 생필품이 준비되지 않은 집을 만난 것이다. 물건을 잘 사지 않고 뭐 하나를 살 때도 가격과 성능, 디자인과 제품명까지 지나치게 심사숙고하는 내가 한참을 세제 코너에서 서성거리다가 겨우 할인하는 제품을 들고 나오면서, 온전한 세탁 세제를 마련하는 일이야말로 자기 생활을 책임지는 독립생활자의 것이겠구나 생각했다. 여행 가방만으로 가능한 생활은 여행뿐이다. 매일같이 누울 자리를 바꿔가며 짐 가방을 꾸리던 날이 전혀 피곤하거나 괴롭지 않았기에 이 역시 다른 형태의 독립생활이라고 생각했는데 아니었다. 여전히 나는 생활의 일정 부분을 스스로 해결하지 못한 채로 살고 있었던 것이다.

2015년 8월, 완주에서 처음으로 월세 임대차계약서(집주인과 세입자가 쓰는 계약서)를 썼다. 세 번째 독립이었다. 집주인은 아파트 월세로 25만 원을 받았다. 집값은 3천 3백만 원이었는데 그런 집이 한 채 이상 더 있는 눈치였다. 그 정도 가격이라면 나도 이 집을 월세가 아니라 매매로 살 수 있겠다 생각하기는 했다. 그런데 거기서 끝이었다. 진짜로 집을 소유하고 싶다거나 꼭 이 집을 자가로 하고 싶다는 생각은 없었다. 집주인처럼 월세로 수익을 얻고 싶다는 생각도 못 했다. 매일 집에서 몸을 누이면서도 집의 소유 여부는 내 삶과 직접 닿아 있는 문제가 아니었다. 내 집이 아니라 서러웠던 순간, 동네에 적응할 만하면 이사 갈 수밖에 없었던 경험이 전혀 없는 건 아니었는데, 나는 그런 부분에 둔감한 사람이었다. 여태껏 주거에 관한 결정을 내가 한 적도, 할 수 있다는 생각을 해본 적도 없었다. 언제나 '우리집',

'엄마 집', '언니 집'이었고 '내 집'을 가질 엄두는 전혀 내지 않았다. 하지 말라니까 하지 않았고, 하지 않아도 아무 문제 없었고, 하고 싶은 마음보다 할 수 없는 조건과 복잡한 과정이 먼저 떠올랐다. 독립해서 혼자 살 집을 구해본 것도 처음인데 집을 사니 마니 하는 뜬구름 잡는 소리보다는 당장 세탁기와 냉장고가 더 걱정이었다.

떠나야겠다는
작은 마음

집을 사는 게 나쁜 것도 아닌데

여행자 시절엔 세탁기와 냉장고도 뜬구름 잡는 소리 같았을 텐데, 완주에 정착하니 세제에 이어 이번엔 세탁기를 직접 사는 사람이 되어야 했다. 한창 자급자족과 비전력 생활에 관심이 있을 때라 가전제품 없이도 살 수 있지 않을까, 꼭 필요하다면 중고로 천천히 사야지, 막연하게 생각만 하고 있을 때 나를 밀착 마크하는 돌봄전문가, 작은언니가 등장해서 제품 고민 및 선택 업무를 대신 하고 큰언니와 함께 이사 선물로 냉장고 값까지 치러주었다.

때때로 내가 가족의 도움을 받는다는 사실을 완전히 부정하지는 않는다. 대책 없이 살아가는 것처럼 보이는 나의 믿는 구석이 결국 가족이라고, 그러면 그렇지 하고 흐린 눈으로 바라보는 사람도 있었다. 언니와 엄마가 나의 비빌 언덕인 것은 맞다. 그렇지만 나의 더 높고 넓은 언덕은 세상 사람들이었다.

살아오면서, 특히나 여행자로 돌아다니며 살던 시절에 다정한 사람들을 만나 많은 도움을 받았다. 사람은 낯선 타인에게도 기꺼이 마음과 그 이상을 내어주는 환대가 가능하다는 것을 경험으로 배웠다. 나도 그런 사람이 되어간다고, 가겠다고 말할 수 있다. 게다가 나는 소위 말하는 '자유로운 영혼'이 아니라 '성실한 생활인'이다. 꼼꼼하게 가계부를 쓰고, 소비를 제한하며, 돈의 편리함과 중요성을 안다. 돈을 많이 벌고 싶지 않을 뿐이지 돈이 많아진다면 거부하진 않을 셈이다. 잘 쓰면 되니까.

돈을 벌기 위해 억지로 일하는 삶이 싫어서, 돈을 벌지 않아도 좋으니 억지로는 일하지 않겠다고 다짐했다. 좋아하는 일이라도 돈도 못 벌면서 고생만 하면 꿈이고 뭐고 다 싫어진다는 걸 알기 때문에, 먹고 살 만큼 적당히 일하고 적당히 벌고 싶었다. 적당히 해서는 집을 살 수 없다고들 하길래 집은 꿈도 꾸지 않았던 거다.

　　집을 갖고 싶어 하는 사람이 모두 부동산 투기를 목적으로 한 것도 아닐 텐데, 집을 산 사람이나 사고 싶어 하는 사람의 마음을 하찮게 생각하기도 했다. 좋은 집을 갖고 싶다는 마음이, 어쩌면 내게도 있었을 그 마음이 잘못된 생각도 아닌데 남들 사는 대로 살고 싶지는 않다는 이유만으로, 남들을 내려다봐야 내 존재 가치가 생기는 것처럼 어디서 온지도 모르는 믿음을 가져버린 것 같다. 아니 왜? 그러니까 말이에요. 로또로 일확천금이 생기지 않는 한 스스로 돈을 많이 벌어서 좋은 집에 살 가능성이 나에겐 없으니 그런 욕심을 가진 사람을 속물 취급하면서 그래도 내가 우월하다는 이상한 정신 승리를 했던 걸까.

　　회사 다니기 싫다면서 계속 다니는 사람을 마음속으로 낮춰보던 그런 부끄러운 때도 있었다. 그만두고 싶지만 그러지 못하는 사람들보다 하고 싶은 대로 하는 내가 대단하다고 생각하기도 했다. 그렇지 않다는 건 얼마 지나지 않아 알게 되었다. 내가 어쩔 수 없이 회사를 그만두어야 했던 것처럼 그들도 할 수 있는 일을 하고 있을 뿐이다.

'내 주제에 감히 집을?' 집을 살 주제가 따로 있는 것도 아닌데 나는 집을 살 생각을 전혀 하지 않았다. 나는 회사를 오래 못 다니는 주제, 돈을 많이 못 벌 주제, 그래도 먹고 사는 데 걱정만 없으면 행복한 주제였다. 그리고 집을 못 살 주제였다. 집을 사고 싶은지 아닌지, 살 수 있는지 아닌지 생각하기도 전에 섣불리 단정지었다. 솔직히는 왠지 어려울 것 같은 일, 해보지 않은 일, 어마어마해 보이는 일, 도저히 엄두가 나지 않는 일이라 두려워서였을 것이다.

한 회사에 10년 이상 근속하는 사람은 정말 대단해 보인다. 나는 하기 힘든 일이다. 반면, 같은 회사에 두 번 입사했다가 두 번 다 그만두는 일, 재취업을 생각하지 않고 돈이 떨어질 때까지 여행하는 일 정도는 내가 할 만한 일이었다. 같은 일도 누군가는 꿈도 못 꾸는 일이라 하고, 누군가는 나는 괜찮던데 하고 그냥 해본다. 비슷해 보여도 어떤 일은 아무렇지도 않고 어떤 일은 너무 두렵다. 결과야 실패하기도 성공하기도 하지만 무슨 일이든 도전할 생각도 못 해본다는 건 조금 안타깝다. 하고 나서 생각보다 그렇게 대단한 게 아니었잖아 안도하며 기뻐하거나 억울해할지도 모른다. 물론 괜히 했다고 후회할 수도 있다. 그러니, 그럴 거면, 그래도, 감히 내가 집을 산다는 엄두를 내봐도 되지 않을까? 한번 내봐야 하지 않을까?

Part. 1

초보 모험가

어쩌다 집을 사게 되셨어요?

Part. 2

모험의 시작

부동산 찾아다니기

Part. 3

경력직 모험가

꽤나 그럴듯해진 전문가 흉내

Part. 4

베테랑 모험가

근심 걱정 두렵지 않아

Part. 5

자가 소유자

모험을 계속할 채비

Part. 6

초보 자가러

굽이굽이 험난한 길을 지나

Part. 7

모험의 절정

정상이라 느낀 순간들

Part. 8

적응도 모험이더군요

ADVENTURE

OF

HOUSE HUNTING

Part. 1

초보 모험가

어쩌다 집을 사게 되셨어요?

모험의 바람

처음부터 굳은 결심은 없었고요

■ **준비물**
  + 팔랑귀, 아니면 말지 하는
    가벼운 마음

귀촌한 지 3년 차던 2017년 7월, 완주군 봉동읍에 있는 LH국민임대주택(이하 'LH', 동네 사람들은 '주공아파트'라고 부른다.) 입주자로 선정되었다는 연락을 받았다. 치킨집이 있는 상가와 바로 맞닿은 1층 끝 집이었다.

그렇지 않아도 귀촌 생활의 단물은 다 빠지고 계속 여기 살아야 하나 다른 곳에서 사는 게 나으려나 고민하고 있던 찰나였는데, 선정이 되었다고는 하나 입지 조건 자체도 그닥 끌리지 않았다. 1층이라 치안도 불안하고 치킨집에서 기름 냄새와 담배 냄새가 넘어오는 데다 창밖은 주차장뿐이라 경치도 좋지 않다. 대신 월 임대료는 전에 살던 집의 반이고, 내가 먼저 나가겠다고 하기 전까지는 살고 싶은 만큼 살 수 있다. 도시에서나 시골에서나 주거 안정성이 LH의 가장 큰 장점이다.

그 당시 이사를 하느냐 마느냐는 여러모로 큰 고민이었다. 그 밖에도 완주 내에서 귀촌인이 많이 사는 다른 마을로 이사 가기, 완주보다 큰 인접 도시인 전주로 이사 가기, 부산이나 대전 같은 전혀 다른 도시로 이사 가기 사이에서 마음이 오락가락했다. 그런데 또, 완주살이 2년은 너무 짧지 않나. 물론 지금은 갓 귀촌했을 때처럼 모든 순간이 행복하거나 특별한 의미로 가득 차 있진 않지만, 심드렁한 이 시기를 지나면 지역에 애정이 더 생기거나 뭔가 하고 싶은 일이 생길 수도 있다.

다른 곳으로 이사 가서 새로운 지역에 적응하는 건 여전히 즐거운 일이지만 언제까지 그렇게 시작만 하는 관계를 여기저기 흩뿌려놓기만 해선 안 될 것 같았다. 서울에서의 직장생활이나 여행자로 살 때의 인간관계처럼 지역살이 역시 진득하게 해내지 못하는 게 마음에 걸렸다.

이사를 가면 좌충우돌 새로운 지역에 적응하느라 우울하고 심심할 틈은 없겠지만 2년이 지나면 똑같이 지금 여기처럼 지겹다는 생각이 들 테고, 나는 그렇게 어디서건 어떤 지점을 넘어서지 못하고 입구에서 서성거리기만 하는 건 아닐까. 인간관계랄까 단단한 생활의 뿌리랄까 그런 것 없이 불안하고 위태롭게 겨우 버티며 살고 있는 듯한 기분이 들었다. 늘 제자리를 맴도는 뿌리 없는 헛헛한 생활을 끝내고 단단한 언덕을 만들고 싶었다.

그렇게 이곳에 좀더 살기로 결정하니 완주의 다른 동네든 전주든 큰 차이가 없었다. 새로 집을 알아보는 일도 귀찮아서 갈 곳이 정해진 LH로 이사했다. 그 집에서는 2017년 9월부터 2022년 6월까지 두 번의 계약 연장을 거쳐 5년 가까이 살았다.

LH로 이사한 뒤로는 더 적극적으로 재미있는 일을 꾸리고, 찾아다니고, 미래를 상상하며 새로운 그림을 그렸다. 한 시절 기웃대는 철새가 아니라 완주 텃새로 거듭나고자 했다. 나는 어디서 뭘 하든 불안한 사람이고 그 불안을 동력 삼아 변화를 도모하는 사람이다. 어떻게 해야 감당할 만한 정도의 불안으로 잠재울 수 있을까 고민하며 뭐라도 해보려 했다.

이사 오면서 고양이 '가지'가 새 식구가 되어 특별할 것 없는 집을 그나마 빛내주었다. 완주로 처음 내려올 때 구했던 직장은 1년 반 다니다 진작 그만두었고, 귀촌인 사장님이 하던 카페에서 2년 정도 파트타임으로 일하면서 관심 있는 분야의 자격증도 땄다. 도시에 사는 친구들과 귀촌 팟캐스트를 1년 동안 진행했다. 그러나 LH로 이사한 지 1년 반이 지났을 즈음, 완주 텃새 프로젝트가 실패할 조짐이 보였다.

특단의 조치를 내렸다. 생활 반경을 넓히면 답답함이 덜할까 싶어 전주로 직장을 얻어 2년 넘게 근무했고 가까운 친구들과 쇼핑몰을 창업해 1년쯤 운영했다. 적당히 벌어 나와 식솔을 먹여 살리기에 큰 무리는 없었지만, 결과적으로 이 집으로 이사 올 때 기대한 변화는 생기지 않았다.

전주에서의 만남과 생활에 큰 기대를 했던 만큼 상처를 받았고, 완주에는 좋은 친구들이 제법 있었지만 내 삶을 지탱할 단단한 언덕을 쌓지도 발견하지도 못한 기분이었다.

이곳에 7년이나 살았지만 여전히 마음 붙일 곳이 없

다고 느꼈고 친한 친구가 있는 곳으로 떠나고 싶어졌다. 구례나 장흥, 부산과 목포, 어디로든 가고 싶다고 생각했다. 생각만 했다. 그러다 제주에 살고 있는 친구가 떠올랐다. 그 친구에게 제주로 가고 싶으니 네 집 구할 때 내 집도 같이 알아봐주면 안되냐고 묻기도 했다. 독립할 자금을 언니한테 빌려달라고 할 때처럼 이번에도 참 생각 없는 말이었다. 나는 진심이라고 이야기했지만, 친구는 농담인지 진담인지 헷갈렸을 것이다.

　　진심이라면 나는 더 적극적인 모습을 보였어야 했다. 친구는 나를 너무 사랑하기 때문에 선불리 제주로 이사 와서 함께 잘 살아보자고 말하지 못했을 것이다. 나 역시 가까운 친구가 완주로 이사 오고 싶어 한다면 마냥 좋아하기보다는 머뭇거렸을 것 같다. 네가 오면 좋지, 좋긴 한데… 여기 사는 게 너의 선택이라고 하더라도 적극적으로 추천할 수 있을까. 너를 보살필 의무나 책임은 내게 없지만, 네가 왔을 때 잘 적응하고 좋은 시간을 보내길 바라는 마음으로 챙기고 싶은데 내가 잘 할 수 있을까. 물론 난 네가 오면 좋지만 여기 생활에 실망할지도 몰라. 생각보다 나도 행복하지만은 않아. 정말 여기서 살고 싶은 거야? 끝없이 이어지는 생각들, 걱정들. 나는 완주에 올 때도 떠밀리듯 밀려왔으니 때가 되면 그렇게 떠밀어주는 바람이 불어오겠거니 기다렸지만, 어쩐지 제주로 향하는 바람은 불지 않았다.

여전히 갈팡질팡하는 마음으로, 그래도, 그렇지만, 그러니까, 그래서 등등 실마리가 잡히지 않는 고민을 안고 귀촌 생활의 경험을 정리해 책으로까지 묶어내고 나니 이제 정말 끝을 내야 할 때가 다가오는 것 같았다.

처음부터 대전으로 가야겠다는 굳은 결심은 없었다. 2021년 여름, 오랜만에 대전에서 친구를 만나기로 했다. 돌아다니며 살던 시절 나에게 다정함을 베풀어주었던 친구들이다. 그들은 계속 마음 붙이지 못하고 흔들리는 나를 안타까워하며 조심스럽게 대전으로 이사 오는 게 어떻겠냐고 제안했다. 글쎄, 그래 볼까. 어디에 살든 크게 다르지 않을 거란 걸 이젠 알기에 설레는 마음도 부푼 기대도 없었다. 그래도 여기를 떠나고 싶었다. 꼭 대전일 필요는 없지만 일단 대전이 제일 가깝고 대전 친구가 한번 와보라고 하니까 가보지 뭐.

이사야 가도 그만, 안 가도 그만이다. 실은 몇 달 전, 계속 완주에 살 거면 집을 사두는 게 좋지 않겠냐고 엄마가 넌지시 물었다. 네? 뭐라고요? 집을 사라고요? 사주시나요? 아니 그건 아니지만 너도 이제 슬슬 자리를 잡아야 하지 않겠니. 그때 잠깐 집을 사는 것에 대해 생각해보기는 했다.

내가 집을 산다고? 에이, 아서라. 완주에 계속 살 것도 아닌데 여기다가 집을 왜 사. 내가 가진 돈으로 살 수는 있나? 잘 찾아보면 살 수도 있겠지. 집을 살 거면 완주 말고 다른 데. 더 마음이 가는 곳에 사야지. 예를 들면, 대전? 그렇게 대전으로 향하는 미세한 바람이 조금씩 불었다.

늘 제자리를 맴도는
뿌리 없는 헛헛한 생활을 끝내고
단단한 언덕을 만들고 싶었다.

모험의 결심

내 주제에 집을? 사죠, 뭐

■ **준비물**
+ 결단력
+ 도전 앞에 설 용기
+ 시간

대전에서 바람을 불러일으키는 이는 친구 '부엉이'다. (책에 등장하는 사람과 업체 등 고유명사는 그들의 특징을 살릴 수 있는 별명을 사용했다.) 친구 '갈치'의 남편이기도 한 부엉이와 나는 서로의 작업과 삶을 아끼고 존중하는 사이다. 부엉이의 초대는 '대전으로 이사 오세요, 우리가 있잖아요'라기보다는 '살아보니 대전이 좋습디다'에 가깝다.

– 꼭 집을 사서 오라는 건 아니지만 가능성이 어느 정도 있는지 생각해보고 사면 좋잖아요.
– 사면야 좋겠죠. 여력은 없는 것 같지만, 그래도 한번 볼까요.

부엉이는 내가 좋아할 것 같다며 1년 전쯤 대전에 집을 산 지인 집에 데려가주었다. 산과 도서관이 가까운 아파트였다. 완주에서 나를 살게 하는 것들이 산책하러 나서는 만경강 둔치와 단골 콩나물국밥집임을 아는 그는, 대전에도 좋은 자연이 있음을 보여주려고 했다.

마음에 바람이 불어올 때마다 어영부영 그 바람을 타고 큰일을 많이 결정하곤 했다. 이번 바람도 그 바람이려나, 나는 무른 마음이 조금씩 단단해지는지 지켜보기로 했다. 부엉이는 다른 날 내게 마음을 또 내어 인근의 부동산 중개소를 둘러볼 때 같이 가주었다. 이미 그 일대도 가격이 많이 올라 내가 가진 돈으로는 턱 없었다. 게다가 다들 실거주자라서 매물이 잘 나오지 않는단다. 추석이 지나면 혹시 모르니 연락을 주겠다고 해서 중개소에 전화번호를 남기고 왔다. 우리는 몇 군데 중개소를 더 돌아다녔다. 둘 다 이런 일에 경험이 없는 게 너무 티 나고 돈도 없어 보여서 중개소 방문이 쉽지 않다고 느끼고 돌아왔지만, 생각해보면 나에게 절실함이 없어서 그랬던 것 같다. 어떤 대화를 해야 할지 전혀 준비하지 않았고, 궁금한 것도 없었다. 내가 가진 돈 전부를 말하기도 저어했다. 그 돈을 다 쏟아부을 것인지. 이사 비용이나 정착금을 제외하면 얼마를 집값으로 쓸 수 있는지. 대출이나 기타 융통으로 예산을 더 늘릴 수 있을지 한 번도 구체적으로 생각해본 적이 없었다. 집을 보다 보면 자연스럽게 큰 바람이 불어오지 않을까? 돈은 없지만 어떻게 되지 않을까? 그런 마음으로 남의 일처럼 둘러보고 있었다. 그러니 재미삼아 분위기 보러 온 사람으로 보였을 것도 같다.

가족들이 모인 추석 연휴, 대전으로 집을 사서 이사 가는 것에 대해 운을 뗐다. 엄마와 언니들은 대환영.

- 그런데 너 돈 있니?
- 엄마가 줄 것처럼 말하던데?
- 그럴 리가. 엄마가 무슨 돈이 있겠니?
- 엄마, 완주에 집 사라며. 대전에 사도 돼? 근데 집값이 최소 2억이래.

엄마는 깜짝 놀라 아무 말씀도 않으신다. 그건 안 된다고. 너는 못한다고 하니까 갑자기 기분이 상했는지 나도 모르게 대전에 꼭 집을 사서 이사 가고 싶은 사람이 되어

버렸다. 대출받으면 되잖아. 대전에서 취직도 하고. 내가 그 정도도 못하겠어? 언니들은 기가 막히는 듯하다. 철없는 동생아. 대출받으면 원금과 이자로 다달이 얼마를 내야 하는지 알기는 하냐. 지금 네가 한 달 벌어 겨우 한 달 먹고 살면서 거기에 무슨 일이 생겨도 꼭 내야 하는 몇십만 원이 매달 기본 비용으로 추가된다고 생각해봐라. 그나저나 너한테 누가 대출을 해준다니? 취직도 못 할 거라고 무시하진 않겠다만 대출을 만만히 보지는 말아라. 그리고 왜 꼭 그 집이어야 하는지 이유도 있어야 한단다. 오를 가능성이 있는지도 보고. 네. 알겠습니다. 제가 세상 물정을 너무 몰랐네요.

추석이 지나고 기다리던 부동산 중개소에서는 연락이 오지 않았다. 대신 온 김에 몇 군데 더 둘러보자고 찾아갔던 곳에서 다른 아파트의 매물이 하나 나왔다고 연락이 왔다.

이제 눈앞으로 진짜 바람이 불어왔다. 이 바람을 내가 탈 것인가 그냥 보낼 것인가 결정해야 한다. 이사 가고 싶다는 마음은 100퍼센트 진짜였지만 아직 그곳이 대전인지, 게다가 지금 전화 온 그 아파트인지 확신이 서지 않았다. 내 마음은 왜 이렇게 무른가. 진짜 이사 가고 싶은 사람이 맞나. 일단 전화를 받았으면 가서 보든지 아직은 때가 아닌 거 같으니 미련을 두지 말든지 마음의 결정을 해야 할 게 아닌가. '대전에 꼭 가고 싶다면 월세나 전세를 구해 한번 살아보는 것도 방법이야. 무슨 생각을 하는 거야? 지금 마음이 어때? 도대체 뭘 하고 싶은 거야?' 이러지도 저러지도 못한 채 시간이 흘렀고 그런 내 모습에 그 누구보다 내가 크게 실망했다. 그사이에 살고 있던 LH의 계약 만료일이 다가왔고 무거운 마음으로 계약을 연장했다. 바람은 그렇게 나를 지나쳐가는 듯했다.

해를 넘기고 오랜만에 만난 부엉이와 갈치는 여전한 환대로 맞이해주었고 나는 마음이 다시금 편해졌다. 여기, 대전에서라면 다시 노력해볼 수 있을 것 같다. 손 내미는 친구들이 있는 곳, 서울보다는 작고 완주보다는 훨씬 큰 도시, 아는 곳이라곤 유명한 빵집밖에 없지만 해볼 만하겠다는 느낌이 들었다. 마음을 붙이는 일은 내 몫이지만 적절한 장소에서 접착력이 살아 있는 좋은 타이밍에 야무지게 착 붙게 하는 건 특별한 인연. 놓치기 아까운 기회다. 아, 이게 내가 기다리던 그 바람이구나. 이번에는 그 바람에 올라타보기로 한다.

그날 밤엔 새벽까지 갈치에게 울면서 이야기했다. 이사가 제일 어려워. 어디서부터 어떻게 해야 할지 모르겠어. 나에겐 그 무엇보다 이사가 너무 어렵게 느껴진다. 새로운 환경에 적응하기 어려울까 봐, 내 선택이 실패로 돌아갈까봐 두려운 것은 아니었다. 오히려 나는 대전 생활에 적응할 자신이 있었다. 다만 시작할 엄두가 안 났다. 집을 구하고 이사를 하는 엄청난 사건을 건너면서까지 시작할 엄두.

나는 쉽게 움직일 수 없는 몸이 된 것만 같다. 그래서 계속 다른 지역으로 옮기고 싶다는 마음이 타올랐다가도 스르륵 사그라들었던 것이다. 그냥 완주에 계속 살기로 하고 대신 다른 에너지를 얻기 위해 새로운 가족을 들이고, 새로운 직장에 다녀보고, 새로운 일을 했다. 그런데 이제는 더 이상 해볼 만한 게 없다고 느껴진다. 남은 건 다른 지역에서의 생활, 그러려면 이사를 해야 한다.

희망으로 가득찬 미래도 아닌데 넘어야 하는 산은 너무 험하다. 나는 집을 보러 다니는 것에 재미를 느끼지 않는다. 낯선 사람을 만나 남의 생활 공간에 들어가고 조건을 따지고 협상하는 일도 너무 어려울뿐더러, 이삿짐에 대해 생각하는 것도 너무 힘들다. 처음에 완주에 혈혈단신 가방 하나 들고 내려왔을 때와 달리 지금 집에는 냉장고와 세탁기는 물론 장롱과 3인용 소파까지 들였다. 와, 저 짐들을 다 이고 지고 어딜 가나. 이삿짐 센터에서 다 알아서 해준다고 하지만 나는 아이 셋 낳은 선녀처럼 나무꾼 같은 지금 완주 집에서 천년만년 자신을 원망하며, 혹은 소파와 장롱을 원망하며 살게 될 것만 같다. 그렇게 살고 싶지는 않다. 선녀도 근력 운동을 열심히 하면 세 아이를 양팔에 안고 하늘로 갈 수 있을 것이다.

나는 냉장고와 세탁기와 장롱과 소파를 감당할 결심을 한다. 집을 사야겠다. 바람이 불어오기를 기다리기만 하는 게 아니라 태풍 같은 바람을 스스로 불러일으키기 위해서는 집을 사겠다는 인생 최대의 사건 정도 되어야 할 것 같다. 지금 생활에 불만이 있지만, 딱히 대안이 없을 때는 이 상황을 벗어나는 것이 해결책이다. 이번에야말로 굳게 결심했다.

무른 마음에 여러 번의 바람이 불었고 사랑스런 친구들의 온기가 더해졌다. 흘린 내 눈물이 고이고 마르면서 점점 단단한 언덕이 되었고 내 마음 하나 정도는 받아줄 수 있게 되었다. 그래, 나는 대전으로 이사를 가야겠다. 이왕이면 집을 사서.

나는 냉장고와 세탁기와
장롱과 소파를
감당할 결심을 한다.
집을 사야겠다.

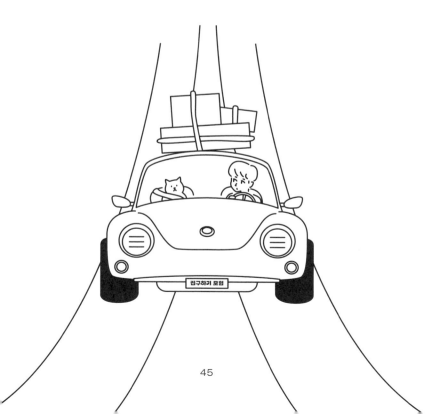

모험 자금 마련

저 돈 있어요!

■ **준비물**

+ 예산 수립(매매가격, 부대비용 포함)
+ 자금 확보
+ 용기 조달
+ 검색 능력

내가 모아놓은 돈의 액수를 들은 언니들은 깜짝 놀라, '오올, 생각보다 동생이 돈을 많이 모았구나' 하고 대견한 눈빛을 보냈다(고 나는 생각한다). 퇴사와 이직을 반복하고, 진득하니 돈을 모으는 것 같지도 않고, 여행도 많이 다니는 것처럼 보이는 내가 저축만으로 이 정도의 금액을 모았다고 하면 친한 친구들조차 깜짝 놀란다.

나는 집에 특별히 관심이 없었고, 내 주제에 평생 집을 살 일은 없을 거라고 섣부른 판단을 내렸지만, 그래도 차곡차곡 저축은 해왔다. 절약에도 도가 텄다. 여행자로 돌아다니면서 살 때 처음 책정한 예산은 500만 원이었다. 그 돈은 3년쯤 지났을 때 동이 났다. 최대한 오래 놀고 싶었기에 소비는 최소한으로 하고 신세 지는 것도 마다하지 않으며 때때로 아르바이트를 해서 잔액을 채워가면서 살았다. 그 금액도 내가 가진 돈의 전부는 아니었다. 마음 놓고 하고 싶은 대로 살아도 되는 '최저 잔액 한계선'을 늘 설정해 두었다. 그사이 시간은 계속 흐르고 다시 입사와 퇴사를 반복하면서도 나는 하던 대로 저축만은 해왔다.

이야, 이러다가 정말로 내가 집을 살 수 있을지도 모르겠는 걸. 아니, 이미 사기로 결심했지. 딴소리 금지.

예산은 2억 원으로 잡았다. 단독주택이나 빌라는 처음부터 고려하지 않았다. 혼자 살기에는 그나마 아파트가 안전하다고 생각했기 때문이다. 먼저 소형 구축 아파트 매매 후기를 인터넷에서 찾아보고, 다음에 유튜브, 그다음에 지역 부동산 카페 글을 열심히 읽었지만 감이 오지 않았다. 온라인 카페 안에서는 반백 살을 바라보는 나이에 재테크나 부동산에 무지하게 살아온 게 엄청난 잘못처럼 느껴졌다. 막막하다. 이사 갈 지역 정하기, 집 알아보기, 결정하고 계약하기, 이사하기 중 어느 하나도 해볼 만하다고 느껴지지 않았다. 그래도 어쩌랴, 그렇게 살아온 세월을 후회하지 않는다. 그때그때 최선을 다해서 살았겠지. 과거로 돌아갈 수도 없고 돌아간다고 해도 인간이 달라지지 않을 테니 지금 내가 집을 살 결심을 했다는 데에 집중하자. 하나씩 하나씩 지금부터 알아가면 된다. 세상에 쉬운 일이 어딨겠어요. 피한다고 해결되는 문제가 어딨겠어요. 해봅시다. 뭐 어떻게든 되겠죠!

　"언니, 진짜 이사 올 거야? 나는 그냥 하는 소린 줄 알았네." 대전에 사는 친한 동생 '다람쥐'는 예산에 맞는 동네를 몇 군데 알려주곤 〈호갱노노〉(아파트 실거래가 정보를 제공하는 애플리케이션)에서 몇 군데 아파트를 검색해 찍어주었다. 게다가 시간이 있으면 같이 집 보러 다니고 싶다고도 말해주어 든든했다. 자기 집을 구하러 다닐 땐 예산이나 다른 조건을 생각해야 해서 스트레스가 크지만 남의 집이라면 부담은 덜고 집 구경하는 재미만 있을 것 같다고. 집 보러 다니는 거 좋아하는 사람도 있구나. 나 대신 네가 다 알아서 해주면 안 되겠니? 다람쥐야, 너를 전적으로 믿고 네가 시키는 대로 다 할게. 나 대신 고민하고 결정도 내려주면 좋겠다. 원망도 안 할게. 이번엔 조금 철이 들었는지 입 밖으로 이 말을 꺼내진 않았다. 이건 내 일이다. 어느 집을 살까, 지금 집을 사도 될까, 무슨 돈으로 살까, 정말 사는 게 나을까 같은 질문은 '앞으로 어떻게 살까'와도 닿아 있다. 까다롭고 어렵다. 답을 남에게 미룰 수 없고 그래서도 안 된다. 좋은 선택이기를 바라는 마음으로 순간순간 질문에 답하고 다음으로 나아간다.

아무도 모르는 나의 앞날에 자기 일처럼 고민하고 나와 똑같이 생각하는 사람, 내 운명 앞에 함께 설 혼연일체의 구성원이 있으면 얼마나 좋을까 생각한 적이 있었다. 짚신도 짝이 있다느니 어딘가 영혼의 반쪽이 있다느니 얘기를 하도 많이 듣고 자라서 내게도 운명 같은 상대가 생기지 않을까, 이렇게 나이를 먹도록 그런 상대를 못 만난 건 나에게 문제가 있는 건 아닐까 의심하기도 했다. 그런데 말입니다. 내 문제를 나와 같은 무게로 고민하고 내 기준으로 판단하는 사람은 세상에 나밖에 없지 않나요? 영혼의 반쪽 같은 건 있을 수도 없을 수도 있지만 이미 나는 다정한 마음들에 둘러싸여 있는걸. 영혼의 여러 쪽이 개성 넘치는 모양새로 조금씩 내게 붙어 있다.

호갱노노 앱을 깔아준 '다람쥐'의 조각은 집 구하기의 출발선으로 나를 데려다 놓았고, 대전 친구 '갈치'의 조각은 일자리를 알아보게 했다. 완주에서는 동네 친구 '고등어'가, 서울에서는 오랜 친구 '오리'가 각자의 방식으로 내 영혼을 채워주고 있었다. 그러고도 성에 안 차서 생판 모르는 타인의 티끌 같은 조각이라도 내 영혼에 더 붙여보기로 했다. 켜켜이 쌓이고 덧붙여진 내 영혼, 캬 너무 아름답네. 이사, 진짜로 간다. 가긴 갈 건데! 도대체 어떻게? 무엇부터? 불안이 크고 걱정이 많을 땐 얽히고 꼬인 마음을 하나씩 하나씩 풀어서 감당할만한 크기로 선명하게 나눠본다. 어떻게 해야 할지 전혀 모르겠어서 막막한 일은 글로 적다 보면 천천히 정리가 되고, 마음이 차분해진다. 좋아! 나는 쓰는 사람이니까 내 영혼의 짝들에게 편지를 쓰자. 울면서 쓰다 보면 용기가 생기곤 하니까. 쓰기 위해 뭐라도 할 테니까. 하기로 한 건 꼭 지키니까 약속을 만들자. 그 힘으로 조금씩이라도 앞으로 가자. 나는 다짐의 왕이니까 다짐을 한다. 그렇게 이사 이야기를 받아볼 독자를 모아 글 배달을 시작했다. 편지를 받은 이들의 사랑이 내 영혼의 한쪽을 또 채워간다.

막간 광고 : (대부분이 친구들이었지만) 구독자를 모집해 매일매일 뉴스레터로 이사 이야기를 써서 보냈다. 새로 만든 이메일 계정은 '바닥이 이사한다'는 뜻의 'badacmoves'. ('바닥'은 본명 대신 사용하는 나의 별명이다.) 대전으로의 이사도 이사 이야기 연재도 무사히 마치고 나니 더이상 배달할 글이 없었으나, 계속 쓰고 싶었다. 뉴스레터는 내가 쓰는 사람임을, 계속 쓰는 사람으로 살고 싶어 한다는 사실을 깨닫게 해주었다. 이후 'badacmoves'는 바닥의 찾아가는 글 배달 서비스의 이름이 되었다. 내가 사랑하는 콩나물국밥에 대해 쓰고, 하루가 다르게 아파오는 무릎에 대해서도 쓴다. 나는 쓰고 나의 글은 독자에게 간다.

어느 집을 살까,
지금 집을 사도 될까,
무슨 돈으로 살까,
정말 사는 게 나을까 같은 질문은
'앞으로 어떻게 살까'와도 닿아 있다.

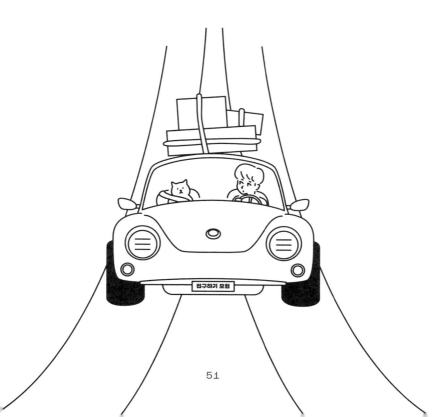

ADVENTURE

OF

HOUSE HUNTING

Part. 2

부동산 찾아다니기

다정한
부동산 코스

공인중개사에게 말 거는 법

■ **준비물**

\+ 아파트 시세 조회 앱

\+ 원하는 집의 대략적인 조건

\+ 스몰토크 기술

친구가 찍어준 동네와 아파트를 살펴보며 진짜로 가볼 집을 추렸다. 그나마 주변에 집을 산 경험이 있는 친구가 있어서 얼마나 다행이야. 집을 살 생각은 전혀 해보지 않았지만, 주변엔 나와 비슷한 조건에 집을 산 친구들이 여럿 있었다. 나는 집을 살 주제가 못 된다고 너무 급하게 단정지었나 보다. 이제부터 나는 집을 살 주제다.

바람이 잦아들기 전에 움직인다, 실시! 대전으로 출발한다! 우선 사전에 〈호갱노노〉와 〈네이버 부동산〉 사이트에서 검색을 통해 '수박 아파트'를 점찍었다. 수박 아파트는 20년이 넘은 구축 아파트지만 초등학교도 가깝고 상권도 나쁘지 않아 보였다.

친구 다람쥐는 발 빠르게, 아니 손 빠르게 거기서 멀지 않은 곳에 올해 말 완공되는 '감나무 아파트'의 분양권 매물을 발견했다. 아무래도 새 아파트가 좋으려나, 투자 목적이 아니라고 해도 오르면 좋은 거니까. 감나무 아파트는 내 예산을 훌쩍 뛰어넘어 3억 가까이 되지만 투자할 만한 가치가 있다면 무리해봐도 좋지 않을까. 가격이 합리적인지 판단할 기준도 없으면서 사놓으면 오를까를 기대하는 마음이 가당키나 하겠냐마는, 차근차근 알아가면서 공부하면 되겠지. 가보기나 하자.

수박 아파트 주차장에 차를 대고, 10분 정도 혼자 동네를 걸었다. 전문용어로는 이게 '임장(현장 조사에 임한다는 뜻)'이라는데 나야 정말 초보라서 뭘 봐야 하는지도 모르겠다. 전체적으로 동네 분위기가 어떤지, 문과 인간이 독후감에 느낀 점 쓰듯 막연하게 둘러보기 시작했다. 살짝 번화한 오래된 동네였다.

수박 아파트 옆으로는 초등학교가 있었다. 나름 '초품아(초등학교를 품은 아파트)'다. 작년에 대전 친구 부엉이와 매물을 보러 갔을 땐 제대로 질문도 못 하고 묻는 말에도 대답을 못 했는데 이번엔 혼자지만 진짜 집을 살 사람으로 보여야 한다. 씩씩하고 당당하게 수박 아파트 상가에 있는 '수박 부동산'으로 들어섰다. (부동산이라는 용어는 집이나 건물 자체를 말하지만 현실에서는 부동산 사무소, 부동산 공인중개사를 두루 아우르며 쓴다. 칼국수를 파는 식당, 칼국수를 만드는 사람을 칼국수라고 부르는 기이한 용법이지만 나도 모르게 그렇게 말하고 만다.)

'혼자 삽니다. 매매도 처음이고 이 지역에 대해서도 잘 모릅니다. 하지만 꼭 예산에 맞는 집을 구하고 싶습니다.' 절실하고도 진실한 태도로 임하면서 나한테 잘 맞는 공인중개사님을 찾으면 될 것이다.

다행히 수박 부동산 공인중개사님은 적당히 친절하고 다정했다. 무엇이든 답해줄 것 같은 모습이었다. 19평 매물 두 개를 소개받고 설명을 들었다. 집 내부를 보려면 주말이나 저녁까지 기다려야 할 것 같아서 조심스레 여쭸다. "제가 동네만 돌아보려고 온 건데 혹시 지금 바로 집을 볼 수는 없겠죠?" 수박 부동산 공인중개사님은 전화해 보면 된다고 하곤 집주인과 통화를 시도했다. 한 군데 연락이 닿았지만, 전화기 너머로 들려오는 목소리에 짜증이 잔뜩 묻어 있었다. 진짜로 살 사람이냐, 당신이 제대로 설명하면 될 텐데 또 볼 게 뭐가 있냐 말하는지 중개사님이 쩔쩔매며 당연히 살 사람이니까 집을 보고 싶어한다 답했다. 전화를 끊으며 "어휴, 집을 파시는 분이 왜 이럴까…" 혼잣말하는 걸 듣고 저 집은 절대 가지 말아야겠다고 생각했다.

19평 매물도 2억 2천만 원이라 이미 내 예산을 2천만 원 초과했지만, 어차피 여기까지 온 거 혹시나 23평 매물이 있다면 함께 보고 싶었다. 베란다 두 개에 방 세 개, 남서향 고층으로 아주 좋은 매물이 하나 있단다. 중개사님이 집주인에게 전화하니 이전 집과는 다른 반응이다. 지금 밖이지만 당장 들어오겠다고 하여 15분 정도 중개사님과 이런저런 대화를 하며 집주인을 기다렸다.

기다리는 동안 나는 1인 가구 프리랜서이고 지금은 다른 지역에 살지만 소형 아파트를 매매해서 이쪽으로 이사 오고 싶다고 구구절절 말하고야 말았다. 집을 구할 때는 직장 위치와 자녀 학교를 고려하는 사람이 많다. 그래서 중개사님도 이것저것 질문했을 테고 뭐라고 답해야 가장 현명할까 잠깐 고민했지만 그냥 솔직하게 말하기로 했다. 거짓말을 잘하지도 못할뿐더러 질문을 받으면 자동으로 답하고야 마는 관성 탓에 어쩔 수 없었기도 했다. 하루

이틀 사이에 끝날 일도 아니니 내 스타일로 끝까지 가야 할 것 같다. 혼자 산다는 걸 굳이 말하고 싶지 않았지만 집을 구할 때 가족 구성원의 수는 필히 고려해야 할 정보니까. (집 구하기의 전 과정을 거치고 나니, 가족 구성원의 수보다는 원하는 집의 크기가 더 중요한 요소라는 걸 알겠다. 최소한 방이 몇 개였으면 좋겠는지, 얼마나 넓으면 좋겠는지 말이다. 중개사 입장에서는 가족 수에 따라 그에 맞는 규모의 집을 추천하지만, 그 집에 진짜 살 사람인 내가 먼저 마음을 정해야 한다. 혹은 예산 상황에 맞게!)

프리랜서라면 어떤 종류의 일을 하시나요. 대충 얼버무리는 걸 못하는 나는 그냥 작가라고 말했다. "글을 씁니다. 인터뷰나 취재도 다니고요." 수박 중개사님은 글 쓰는 것도 참 어려운 일일 것 같다고 미지근한 반응을 보인다. 과하게 호들갑을 떨지도 않고 신기하거나 이상한 사람을 본 것처럼 행동하지도 않는다. 나는 그동안 어떤 경험을 한 것이길래 낯선 사람을 만날 때마다 이렇게 겁을 잔뜩 먹는 걸까. 이런 평범한 대우가 이다지도 편안할 일인가. 그런 생각을 하던 중에 집주인이 도착했다는 전화를 받고 23평 집을 보러 갔다.

정정한 노인 남성이 문을 열고 기다리신다. 한 번도 수리한 적 없는 오래된 아파트지만 깨끗하게 관리된 집 같다. 사실 집을 많이 보러 다녀본 경험이 없어서 정확히 어느 정도의 상태인지는 모르겠다.

안방에는 으레 시골집에 있을 법한 고전적인 스타일의 장롱과 침대가, 거실에는 자식들과 손주들의 가족사진 액자가 있고, 작은방 두 개도 깔끔하다. 중개사님은 싱크대나 욕실이 오래되어 싹 고치긴 해야겠다고 했지만 지금 깔끔하게 살고 있는 집이라 그런지 다정한 느낌이었다. 좋네, 좋아. 당장 이 집으로 이사하고 싶다. 방 세 개를 각각 침실, 옷방, 작업실로 쓰면 되고 남서향이라 채광도 좋다. 집주인의 인상도 서글서글하다.

마음껏 둘러보라는 집주인과 중개사님의 채근에 뭘 봐야 하는지도 모르면서 사진을 몇 장 찍고 부동산으로 돌아왔다. 2억 9천만 원. 내가 가진 돈으로는 턱도 없지만 '주택담보대출'이니 '생애최초주택'이니 그런 제도를 이용하면 나 같은 사람도 대출을 받을 수 있는 거 아닐까. "저 프리랜서인데 대출 될까요?" 신용카드 쓰실 테니 집 담보하면 다 돼요, 대출상담도 연결해드려요, 하신다. 저 신용카드 잘 안 쓰는데, 라는 대답은 하지 않았다.(그날부터 신용카드를 사용했다. 신용등급과 카드 사용한도를 높여둬야 할 것 같았다.)

옆 동네 감나무 아파트 분양권을 사서 들어가는 건 어떻게 생각하시냐, 동네에 신축 아파트가 들어서면 구축은 인기도 떨어지고 가격도 떨어지는 거 아니냐고 수박 중개사님에게 물었다. 답은 정해져 있었으려나? 감나무 아파트는 오르막이고 수박 아파트보다 교통도 좋지 않다, 여기는 초등학교도 가깝고 길 건너 재개발이 들어가니 덩달아 이

단지도 오를 거란다. 그리고 어차피 19평이나 23평 소형은 전통적으로 인기 있는 매물이라고 덧붙이셨다. 알겠습니다. 인사드리고 감나무 아파트 공사현장을 향해 길을 나섰다. 수박 부동산 중개사님은 당연히 수박 아파트에 유리한 말만 하겠지? 판단은 내 몫이다.

이제부터 나는
집을 살 주제다.

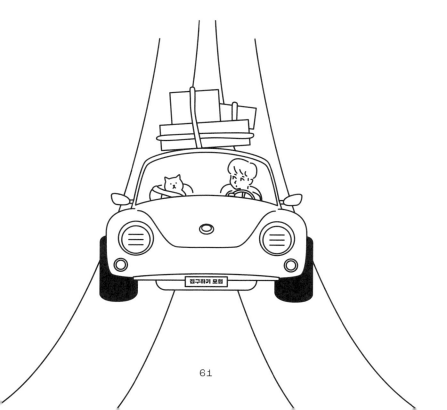

재촉하는
부동산 코스

공인중개사에게 휘말리지 않는 법

■ **준비물**

+ 똑바로 차린 정신

+ 얕게 권하는 말을 거절하는 기술

+ 체력

'감나무 아파트' 공사 현장은 말 그대로 오르막길에 있었다. 오래된 주택가에 덩그러니 고층 아파트가 들어설 예정이었고 인근에는 저층 아파트와 빌라로 빽빽했다. 현장에서 멀지 않은 곳에 '감나무 부동산'을 발견하고 들어섰다.

　감나무 부동산에는 신입 느낌의 여성 중개사님과 심드렁해 보이는 남성 중개사님이 있었다. 여성 중개사님이 너무 잘 찾아오셨다. 2억 있으면 당연히 대출받아서 1억 더 만들어 신축 들어가야 하지 않겠냐며 지금이 얼마나 좋은 기회인지 쉬지 않고 말했다. 그 옆으로 남성 중개사님이 컴퓨터에서 눈을 떼지 않고 중간중간 거들었다. 녹음 파일이 재생되는 것처럼 술술 나오는 멘트는 영업을 위해 과장된 느낌이 들었다. 오르막길만 넘어가면 바로 시장이 있고 초중고 모두 있어서 매우 좋은 입지이며 터미널도 대형마트도 가깝단다. 그러고는 자꾸 계약서를 쓰자고 한다. 재촉하면 내가 어리바리 계약서라도 쓸 것 같은 걸까.

　내가 2억이 다 제 돈이 아니라서 상의가 필요하다고 말한다는 것을 "저한테 투자하시는 분에게 허락을 받아야 해요"라고 말을 했나 보다. '투자'라는 말을 듣더니 갑자기 투자자 대우를 해주며 갑자기 문밖으로 나가 건너편 빌라를 보여준다. 여자 중개사님이 소곤거리며 원래 11억짜리라고 말했다. 깜짝 놀라 "근데 제가 살 수 있어요?"라고 물으니 급매로 9억에 나왔단다. 빌라를 매매해서 주인세대 살면서 건물 관리하고 원룸을 임대 주면 월 300만 원 수익은 나온다고 덧붙였다. 프리랜서면 집에서 일하니까 방 나갈 때마다 입주 청소 맡겨서 싸악 하고 사진 찍어서 올리면 되죠. 청소는 5만 원이고 방은 금방금방 나가요. 여자 중개사님은 내 옆에 딱 붙어 계속 영업 실습을 하는 것 같다. 이 동네 처음 와보니까 한번 둘러볼게요 하고 길을 나섰다. 여자 중개사님은 다른 부동산 가지 마시고 꼭 여기로 계약하러 오세요, 라고 내 뒤에 대고 소리쳤다.

오르막길을 따라 다시 감나무 아파트 공사현장으로 향했다. 동네는 정겹지만 어울리지 않게 우뚝 솟은 아파트에 사는 내 모습이 썩 기분 좋게 상상되진 않았다. 고개를 넘어가니 정말로 시장이 있었다. 시장 좋지. 그런데 시장에서 내가 장을 볼까. 지금 살고 있는 완주 동네에서도 나는 시장 말고 마트에만 가는걸. 대화하지 않고 간편하게 물건을 살 수 있는 중간 규모의 마트가 딱 좋다. 너무 큰 마트나 백화점은 그 규모에 압도되어 어지럽고, 인터넷 쇼핑은 즐기지 않는다. 참. 애매하네.

시장을 지나니 학교가 보인다. 여기도 학교는 가까운가 보구나. 학교가 가까워야 되팔고 나오기에 좋다는데 언제까지 그러려나. 아이들이 줄면 그런 조건도 달라지지 않을까. 아직은 먼 미래인가 이런 생각을 하면서 걷다 보니 며칠 전 지도로 동네를 조사하다가 찍어둔 '호두 아파트'가 보였다. 부동산을 두 군데나 들러서 자신감도 생겼겠다, 온 김에 호두 아파트의 부동산도 한번 가보기로 했다.

참, 애매하네.

무시하는
부동산 코스

공인중개사 앞에서 쫄지 않는 법

■ **준비물**

+ 당신은 에이전트
  나는 고객일 뿐이라는 생각

+ 집주인에 대한 예의

'호두 아파트'는 다섯 개 동으로 된 작은 단지였다. 부동산이 여럿 있었지만 왠지 정문 바로 앞보다는 길 건너에 있는 부동산에 가고 싶었다. 불리한 조건에 있는 편에 서고 싶은 마음이랄까. 아파트 단지 내에 주차하고 2차선 좁은 도로를 건너 '호두 부동산' 앞으로 갔다. 문 앞에 안내된 매물들을 살펴보다가 안에 앉아 있던 남자분과 눈이 마주쳤고 그는 곧 내 쪽으로 다가왔다. 내가 너무 문 앞에서 지켜보고 있으니까 빨리 들어오라는 뜻인 줄 알고 얼른 문을 열었다. 아니었다. 커피 마시려고 정수기 쪽으로 걸어 오는 걸 나 혼자 착각한 것이었을 뿐.

앞서 방문한 두 곳의 부동산과 같은 태도, 같은 조건으로 말을 꺼냈다. 다른 지역에서 이사 오는 1인 가구, 예산은 2억, 프리랜서라 입지는 크게 중요하지 않음. 동네를 잘 몰라서 상담하러 왔음. 그런데 정말 놀랍도록 아무 반응도 돌아오지 않았다. 커피를 뽑아 자기 자리로 간 남성도 옆 테이블에 앉아 있던 여성도 꿈쩍도 하지 않았다. 나는 약간 당황해서 "급매 나온 것도 없나요?"라고 덧붙여 물었던가, 기억도 잘 안 난다. 호두 아파트 말고 그 옆, '씨앗 아파트'에 1층 급매가 있다며 "씨앗 아파트에나 가야지"라는 대답이 돌아왔다. 네, 알겠습니다. 제가 잘 모르고 그냥 돌아보러 온 거라서요. "명함 하나 받을 수 있을까요?" 물어도 두 분 다 미동조차 하지 않는다. 당황해서 혼자 두리번거리다가 명함을 하나 집어서 얼른 나왔다. 내가 손님으로 안 보여서 손님 취급을 안 하는 건가? 기분이 나쁘다기보다는 내가 두려워했던 게 이런 무시였다는 걸 알아차렸다. 다행히 첫 번째 수박 부동산에서 다정하고 친절한 중개사님을 만난 경험이 있으니 방금 같은 일에 큰 상처를 받지는 않았다.

부동산 투어에 앞서 이런 걱정을 얘기했더니 나의 상담 선생님은 그 사람들이 무시 좀 하면 어떠냐고 했다. 얼마짜리 물건을 판매하든 어차피 그 사람들에게 나는 고객이고, 마음에 안 드는 중개사라면 나도 그 사람과 거래하지 않으면 그만이라고 했다. 그 말이 맞지! 누군가 나를 무시한다고 해도 내가 신경 쓰지 않으면 되는 거야. 그것 때문에 주눅들고 위축되어서 내가 내 일을 못 하면 억울하잖아. 나중에 알게 된 사실인데 예로부터 호두 아파트는 부자들이 사는 비싼 아파트란다. 하하, 헛웃음이 나왔다. 괜찮아, 그럴 수도 있지. 앞으로 이런 경험 또 많이 하겠지. 재미있었다.

집으로 바로 돌아오지 않고 친구 부엉이를 만나러 갔다. 부엉이는 지난해 내 주저함을 보았으니 전세나 월세를 구해 일단 이사를 와 살면서 여유를 가지고 매매할 집을 알아보면 어떠냐 묻는다. 이런저런 이야기를 나누다 보니 저녁까지 먹고 가게 되었다. 어라, 이럴 거면 혹시 아까 전화가 안 돼서 보지 못한 수박 아파트의 19평 매물 한 곳을 저녁에 볼 수 있지 않을까? 23평 매물 하나만 보고 나쁘지 않으면 이거 사야 하나 하는 막연한 생각을 하고 있었는데,

집은 많이 볼수록 좋은 거겠지? 2억 9천만 원짜리 23평은 원래 예산 범위도 훨씬 벗어나는 거니까 19평도 꼭 보고 싶었다. 다정한 수박 중개사님께 전화해서 부탁드리니 저녁 약속을 잡아주었다.

수박 부동산 중개사님은 집주인이 집을 내놨다는 티를 내고 싶지 않아 한다며, 문 앞에서 조심해주길 바란다는 말을 전했다. 어머나 세심하셔라. 중개사님은 아까도 진짜로 집을 사겠다고 결심하면 그때 가격은 또 붙어보는 거라고 응원해주었던 분이다. 다정하신 분. 19평짜리 집은 방 두 개에, 욕실 한 개, 거실과 베란다로 모두 나쁘지 않았다. 짐이 별로 없고 깔끔하게 정리를 해놔서 그런지 집도 넓어 보였다.

집주인이 혼자 사는 여자분이어서 더 좋았다. 혼자 살기 나쁘지 않은 크기, 볕 잘 드는 남서향 고층, 욕실은 리모델링을 하지 않아 낡았지만 사용하기엔 문제없는 수준이고 싱크대도 처음에 본 23평 집보다는 좋았다. 실례가 될까봐 자세히 사진 찍을 생각을 못 했는데, 다음에도 집을 볼 기회가 생기면 그땐 양해를 구하고 사진을 제대로 찍어야겠다. 오늘도 실례하겠습니다. 보여주셔서 감사합니다, 정중히 인사하면 아유 별말씀을요, 저희가 감사하지요 하고 주고받는 대화가 어른의 그것이라 기분이 제법 괜찮았다.

수박 중개사님은 이 집도 괜찮다며, 무리해서 대출하

는 것보다는 지금 있는 예산으로 진행하는 것도 좋겠다고 한다. 엄마나 언니도 아닌데 왜 이렇게 다정하지? 친근 마케팅인가. 일단 알겠다고 하고 집으로 돌아왔다. 큰 집 먼저 보고 나면 작은 집이 눈에 안 차는 법이라고 하던데, 큰 집도 좋지만 내 수준을 내가 잘 아니 작은 집도 좋았다. 딱히 더 볼 거 있나. 이사를 가기로 결심한 순간부터 최대한 빨리 이 집이 아닌 곳에서 살고 싶어졌다. 당장이라도 오늘 본 19평 집으로 이사 가고 싶은 심정이다. 다음 단계는 뭐지? 가족들에게 이 집을 사고 싶으니 좀 도와달라고 말해야 하는 건가. 좋은 집은 금방 나가버린다는데 머뭇거리다 기회를 놓칠지도 모르잖아. 서둘러야 하나? 지금 정권이 바뀌고 집값이 안정되지 않을 때니까 가격이 내려가는 시기라고 하던데 더 기다려봐야 하나? 그런 내용은 어디서 무엇을 공부하면서 판단해야 하나? 아, 모르겠다. 그래도 더 보자. 다음주에는 다른 동네를 돌아보자.

오늘도 실례하겠습니다.
보여주셔서 감사합니다.

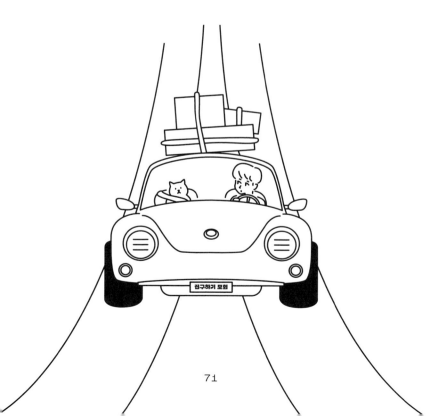

나에게 필요했던 용기

어쩌면 당신에게도 유용할

■ 준비물

+ 남의 말 흘려 듣기 기술

+ 스스로에게 베풀 관용

집을 보러 다녀온 지 벌써 일주일이 지났다. 조건에 맞는 집이 구해질 때까지 느긋한 마음으로 매주 대전에 가보려고 한다. 그사이 대전과 세종 지역 부동산 카페를 수시로 드나들며 게시글들을 읽고 또 읽었다. 글자는 읽을 수 있어도 뜻은 알 수 없는 대학교 전공 서적 같았지만 여러 번 읽으니 조금씩 감이 왔다. 동네별 특징과 가격, 교통과 상권같은 입지 조건, 작년 가을 폭등한 부동산 가격과 올해 전망에 대해 나름 열심히 공부했다. 짧은 시간에 얼마나 이해했을까 싶지마는 절실한 마음은 점점 구체화되어갔다.

지푸라기라도 잡는 심정으로 "소형 구축 매매 가격이 떨어질까요?", "2억 실거주 아파트 추천 바랍니다", "수박 아파트, 감나무 아파트, 씨앗 아파트 중에 어디가 제일 괜찮을까요?" 같은 글들을 올렸다. 마지막 질문에 제일 먼저 달린 답글은 "와루바시에 이름 적고 던져서 나오는 곳으로 하세요"였다. 와루바시(나무 젓가락의 잘못된 일본어 표현)에 이름을 써서 뽑을 거면 차라리 다 비슷하니 아무 데나 가라고 하든가. 저 말을 하는 사람의 표정이 그려졌다. 절대 내게 공감하거나 진심을 다하는 모습은 아니었다. 투자와 재테크에 관심이 많은 사람들이 모인 곳이라 상대적으로 소액을 찾는 이의 질문엔 저렇게 장난치듯 답을 하는 걸까. 속상하다.

모르는 것에 대해 질문하는 걸 이렇게나 두려워했던가. 지난주에 만난 다정한 수박 부동산 중개사님 덕분에 질문해도 큰일나지 않는다는 걸 배웠다. 그래도 여전히 떨렸다. 얼굴 보고 묻는 것도 아닌데, 익명의 힘을 빌려 질문 글을 올리는 것일 뿐인데도. 낯선 사람들의 선의에 기대 여행하고 돌아다니던 시절도 있었는데 과거의 배짱과 지금의 주눅은 어떻게 다르지? 여행 중엔 도움을 요청하고 적당히 폐를 끼쳐도 기쁜 마음으로 기꺼이 맞이하는 사람들이 왕왕 나타난다. 여행자는 그런 사람을 잘 알아보고 그 만남은 서로에게 재미있는 이벤트다. 그러나 생활인의 집 구하기 모험은 이벤트가 아니다.

나는 재테크나 부동산에 너무 연연하고 싶지는 않지만 그렇다고 초연해질 수도 없는 사람이다. 실속 있게 돈 공부를 하고 부동산에 건강한 관심을 두며 투자 공부를 하는 사람도 있고, 깃털처럼 자유롭게 속세에 얽매이지 않는 사람도 있겠지. 그리고 나 같은 사람도 있다. 누가 놀리고 무시하면 어때? 솔직히 내가 부동산 전문가인지 아닌지 관심도 없을걸. 게다가 모두가 전문가가 될 필요는 없잖아. 그저 할 수 있는 걸 할 수 있는 만큼 하고 싶은 때에 하면 된다.

솔직히 내가
부동산 전문가인지 아닌지
관심도 없을걸.
게다가 모두가 전문가가 될
필요는 없잖아.

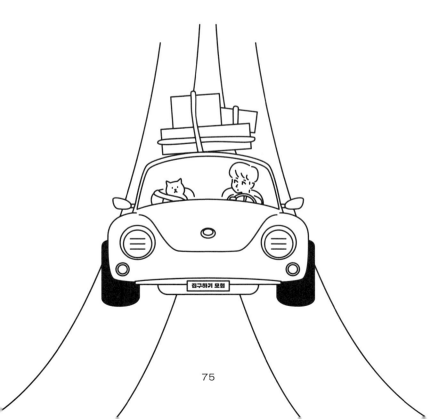

알아두면 좋은 #1

부동산 용어

■ 집을 구할 때 알아두면 좋은 정보, 본문에 언급했지만 한 번 더 보면 좋은 내용을 각 장마다 정리했다. 순서대로 읽어도 좋고, 그때그때 궁금한 페이지를 펼쳐봐도 좋다!

다음은 계약서나 공문서 등에 자주 나오는 용어를 정리했다.

+ **임대**　　　　　돈을 받고 집을 빌려줌
+ **임차**　　　　　돈을 내고 집을 빌림. 다달이 빌려 쓰는 '월세(사글세)', 일정한 금액(임대보증금)을 맡기고 약속한 기간만큼 빌려 쓰는 '전세(부동산을 돌려줄 때 맡긴 돈의 전액을 되돌려 받음)', 연 단위로 월세를 총 합하여 계약 기간만큼의 임대료를 한 번에 지불하는 '연세' 등이 있다.
+ **임대인**　　　　돈을 받고 집을 빌려주는 사람
+ **임차인**　　　　집을 빌린 사람
+ **세입자**　　　　남의 집에 세 들어 사는 사람
+ **집주인**　　　　집의 소유자
+ **매매**　　　　　사고 팖. 임대는 집의 사용권을 계약 기간 동안만 갖지만, 매매는 집의 소유권 자체가 이동한다. 내 집이라고! 임대 계약이 끝날 때마다 임대료가 올라 주거 불안정성을 느끼는 많은 세입자들이 원하는 것.
+ **매도**　　　　　집을 팖
+ **매수**　　　　　집을 삼
+ **매도인**　　　　집을 판 사람, 전 집주인
+ **매수인**　　　　집을 산 사람, 새 집주인
+ **신축**　　　　　새로 지은 집, 새 아파트, 새 건물
+ **구축**　　　　　지은 지 오래된 건물. 오래된 집을 일컫는 말은 '구옥'인데 구축은 주로 신축에 대응하는 개념으로 사용한다.
+ **공급면적**　　　아파트 내부 벽을 기준으로 방, 거실, 주방, 화장실 등 실제로 사용하는 집의 크기를 '전용면적', 여러 사람이 함께 쓰는 복도, 엘리베이터, 계단, 지하층, 관리사무소 등을 '공용면적'이라고 하는데 이 둘을 합해 '공급면적'이라고 한다. 예를 들어, 가장 인기가 많고 유동성이 좋다는 방 세 개짜리 집 33평~34평형을 이른바 '국민평수', 줄여서 국평이라고 하는데 전용면적만 따지면 84㎡ 정도로 25평쯤 된다.
+ **용적률**　　　　대지면적에 대한 건축물의 연면적(건물 각 층의 바닥

면적을 합한 전체 면적) 비율. 수직적 건축 밀도를 뜻한다. 용적률이 높으면 건물을 높게 지을 수 있다.

+ 건폐율　　　　대지면적에서 건축물이 차지하는 비율, 수평적 건축 밀도다. 건폐율이 높으면 건물이 빡빡하게 들어섰다는 뜻이다.

+ 조정대상지역　　부동산 시장 과열을 막기 위해 정부가 주택법에 근거해 지정한 지역. 주택담보대출시 제약이 있다. 투기 우려가 높은 지역은 '투기과 열지역', 이미 가격 상승률이 높아 관리가 필요한 지역은 '투기지역'으로 지정 한다.

+ 공시지가　　　　정부(국토교통부)가 조사하고 평가한 부동산의 가격으로 과세 기준이 된다.

+ 실거래가　　　　부동산이 실제로 거래된 가격. 거래가 이뤄진 후에 공 표되므로 거래가 오래전이라면 현재 시세를 반영하지 못하는 단점이 있다. 한 편, 집주인이 '이 가격에 팔고 싶다'고 부르는 가격을 '호가'라고 하는데 시세보 다 높은 경우가 많다.

+ 등기부등본　　　부동산에 관한 권리관계 및 현황이 기재된 장부. 옛날 말로 집문서. 소유자 및 가처분, 가압류, 경매 등에 관한 소유권 관련 사항과 저당권, 전세권, 지역권, 지상권 등 소유권 외 각종 권리에 관한 사항을 확인 할 수 있다.

+ 근저당　　　　　집주인이 대출을 받으면서 집을 담보로 잡았는지 확인 할 수 있는 정보. 집을 담보로 한 근저당이 있는데, 대출금을 갚지 못하면? 집 이 경매에 넘어갈 수 있다.

+ 장기수선충당금　시설물에 큰 수리비가 들어갈 때를 대비해 미리 조금씩 모아두는 예비비 같은 것. 집의 소유자에게 납부 의무가 있다. 편의를 위해 매 월 관리비에 포함되어 청구되기 때문에 임대기간 동안 임차인(세입자)이 관 리비로 장기수선충당금을 대신 납부해왔다면 계약 만료시 임대인은 그간의 장기수선충당금을 돌려줘야 한다.

■ **여기서부터는 줄임말이나 신조어를 정리했다. 계약서나 공문서에는 등장 하지 않지만, 실생활이나 커뮤니티에서 자주 사용된다.**

+ 실거주　　　　　투자 목적의 부동산 거래가 많아지면서 남에게 빌려주 기 위해서가 아니라 '실제로 거주한다'는 의미를 강조하는 상황이 생겼다. 리

모델링이나 인테리어에서도 실거주용 견적과 임대용 견적을 구분한다. 전에 살던 월셋집 싱크대를 보고 집주인이 자기들 살 집 아니라고 형편없는 걸 설치해놓은 것 같다던 엄마의 말이 생각난다.

+ 손품　　　　　　　직접 걸어 다니며 보고 수고를 들인다는 '발품 판다'에서 변형된 말로, 검색과 사전 조사를 통해 정보를 수집하는 데 들이는 품을 뜻한다.

+ 임장　　　　　　　손품을 팔아 정보를 확보한다는 말에 대응되는 개념, '현장조사에 임한다'는 뜻으로 직접 장소에 찾아가는 것을 의미한다. 버스정류장이나 지하철로부터 거리가 얼마나 되는지 걸어본다거나 직접 동네 분위기를 확인하는 등의 현장 답사 개념.

+ 초품아　　　　　　초등학교를 품은 아파트. 초등학교가 아파트 단지 안에 있는 경우, 초등학교가 매우 가까워 도보로 통학이 가능하다는 의미로 쓰인다. 비슷한 용례로 중학교를 품은 '중품아', 고등학교를 품은 '고품아', 유치원을 품은 '유품아' 등 다양하게 활용된다. 학교, 병원, 편의시설 등의 거리에 따라 부동산의 가치 및 가격이 정해지기 때문에 이런 말이 생긴 것 같다.

+ 역세권　　　　　　기차나 지하철역에서 가까운 입지. 슬리퍼 신고 나갈 만큼 편의 시설이 가깝다는 '슬세권', 버스정류장이 가까운 '버세권', 쇼핑몰이 가까운 '몰세권' 등 용례가 다양하다.

+ 직주근접　　　　　직장과 근접한 거리에 주거지를 둔다는 뜻. 출퇴근이 멀면 괴로우니까~!

+ 주복　　　　　　　주상복합의 줄임말

+ 융무　　　　　　　융자無. 해당 부동산을 담보로 융자(대출)를 받지 않은 안전한 매물임을 강조할 때 쓴다.

+ 하시　　　　　　　때가 특별히 정해지지 않았음. 입주 시기는 언제든 상관없다는 뜻이다.

+ 세안고　　　　　　전세나 월세로 살고 있는 임차인(세입자)이 현재 매물에 거주하고 있다는 뜻. 세입자로 살고 있을 때 집주인이 변경된 적이 있는 사람에게는 익숙한 개념일 것이다. 집을 사는 사람(매수인)은 매매 후에도 해당 임대차 계약이 완료될 때까지 기다려야 입주할 수 있다.

+ 주전　　　　　　　주인이 전세로 살고 싶어 한다는 뜻. 매도인이 집을 팔긴 하지만 판 후에도 그 집에 전세로 살겠다는 조건을 뜻한다.

ADVENTURE

OF

HOUSE HUNTING

Part. 3

꽤나 그럴듯해진 전문가 흉내

모험 준비 완료

효율적인 임장 코스 짜기

■ 준비물

\+ 문의 전화 준비 시나리오

\+ 임장 후보 목록 메모장

이불 속에서 뭉그적거리며 하루를 도대체 언제 시작해야 할까, 아무래도 지금은 아닌 것 같아, 혼자서 묻고 답하는 월요일 정오. 다정한 수박 부동산 중개사님에게서 전화가 왔다. "생각 좀 해보셨어요?" 아, 뭐라고 대답해야 하나 또 당황스럽다. 가족들하고 상의하고 있는데, 직접 봐야 알겠다네요. 중개사님에겐 이렇게 대답했지만 사실 가족 누구에게도 말하지 않았다.

"수박 아파트에 22평, 2억 3천짜리 올 수리된 집이 나왔는데, 딱인 거 같아서 전화 드렸어요. 어제 막 나왔어요. 베란다가 두 개라 앞뒤로 환기하기 좋고, 5층이라 높이도 괜찮아요. 바로 들어가서 살아도 되고요."

오, 구미가 당기는 집이다. 내일 들르겠다고 말씀드렸다. 슬슬 하루를 시작해볼까. 지난주에 대전 친구 다람쥐가 원도심 쪽 '체리 아파트'를 추천해줬다. 지은 지 10년 된 대단지 아파트로 내 예산으로 갈 수 있는 집은 17평짜리이다. 전용면적만 따지면 11평 정도로, 지금 살고 있는 집보다 좁아서 썩 내키지는 않는다. 나는 기차역과 가까운 곳을 찾는 중이다. 서울로 부산으로 자주 놀러 다녀야지. 대전은 교통의 요지니까! 지난번엔 대전역 동쪽에서 찾아봤으니 이번엔 서쪽도 살펴보자. '땅콩 아파트'와 '옥수수 아파트'가 있었다. 수박 아파트를 포함해서 내일의 임장 코스를 정해보았다.

1코스는 '땅콩 아파트', '완두콩 빌', '단팥 빌'이 모여 있는 올망졸망 구간이다. 〈네이버 부동산〉에서 마음에 드는 매물을 찾았다. '땅콩 부동산'에 바로 전화를 걸었다. 뭐라고 말할지 미리 메모해둔 데다, 몇 번 해봤다고 한층 자신감이 생겼다. 떨려서 전화조차 걸기 힘든 시기는 지나갔다. 나 이제 중개사님에게 당당하게 물어볼 수 있는, 일주일 차 집 구하는 사람이야. "안녕하세요. 네이버 매물 보고 전화 드려요. 땅콩 아파트 매매 1억 4천짜리 집이 조회되지 않는데 나갔나요?" 어머 이렇게 능숙하다니, 말이 술술 나온다. 나 좀 멋있는데? 생각하는 사이 답이 돌아왔다. 아쉽게도 팔렸단다. 2억 이하로 나온 다른 집이 있냐고 묻자 옆 건물 두 개를 보여주신다고 한다. 땅콩 부동산 중개사님과 11시로 약속을 잡았다. 땅콩 아파트는 200세대 규모의 20년 된 두 개 동짜리 아파트고 완두콩 빌, 단팥 빌은 나란히 있는 각각 200세대 이하 한 개 동짜리 아파트다.

이름에 '빌'이 들어간 걸 보니 혹시 빌라인가? 빌라와 아파트가 어떻게 다른지 궁금해서 검색해봤다. 빌라는 건축법상의 용어는 아니다. 다세대주택이나 연립주택, 다가구주택 등 여러 집이 사는 4층 이하 건물을 빌라라고 칭한다. 아파트는 여러 세대가 독립적으로 거주하는 5층 이상의 주택으로, 한 개 동이어도 높이 올라갈 수 있다. 열 개 동이 넘어가는 대단지는 1천 세대 가까이 살기도 한다. 어쨌든 궁금증은 대충 해결되었다. 완두콩 빌과 단팥 빌은 아파트이긴 하지만 규모가 작아서 빌이라는 이름을 단 것 같다.

2코스는 다람쥐가 추천한 체리 아파트다. 초 · 중 · 고등학교가 가까이 있고, 전통 중심 상권 인근이다. 전문가의 말투로 '체리 부동산'에 전화를 걸었다. "17평 2억 2천만 원짜리 매매 혹시 나갔나요?" 안 나갔다고 한다. 12시로 약속을 잡으면 되려나, 점심시간인데 괜찮으려나, 한 집뿐이니까 아예 아침 일찍 10시에 가도 될까, 그 시간은 너무 이른가. 머릿속이 바쁘게 돌아간다. 결국 체리 부동산 중개사님과 1시에 만나 집을 보기로 했다.

베이스캠프 같은 나의 수박 아파트가 3코스다. 수박 중개사님께 전화를 걸어 2시로 약속을 잡았다. 시간표를 잘 짜야 하루에 여러 집을 볼 수 있다. 지난주만 해도 아무 때나 괜찮으니 오전이고 오후고 제가 다 맞추겠노라 말했는데, 그러면 보여주는 입장에서도 선택의 폭이 너무 넓어져서인지 시간 약속 잡기가 마땅치 않았다. 나 역시 느슨한 태도로 중개사님을 대하게 된다. 덜 절실한 느낌이랄까. 내가 시간을 조정하니 효율적으로 일정을 짜게 되고 훨씬 적극성과 주도성이 차오르는 기분이 들었다.

마지막 4코스는 수박 아파트보다 대전역에서 더 가까운 '옥수수 아파트'다. 지도상으로 볼 때는 위치가 아주 마음에 든다. 직접 가서 꼭 확인해보고 싶다. 옥수수 아파트 매물 정보에는 재개발 호재 가능성이 크다고 적혀 있다. 수박 아파트도 바로 건너편 재개발이 확정되었다고 한다. 이렇게 써두면 유리할까, 부동산 호재를 정말로 예상할 수 있는 걸까, 이런 데 혹하는 사람이 있을까. (혹시 그게 나인가.) 2억 1천만 원에 24평, 연식은 17년 차다. 12시가 비어 있으니 그때 딱 보고 돌아오면 좋겠다 싶어 여쭤보니 옥수수 부동산 중개사님은 지금 살고 계신 분이 퇴근하고 오면 저녁 7시나 돼야 한다고 한다. 그 집을 보려면 3코스 끝내고 3시부터 7시까지 네 시간이나 기다려야 하는데 어쩌지. 그래, 일주일에 한 번인데! 갔을 때 한 집이라도 더 보면 좋겠지. 약속을 잡았다.

이렇게 1코스부터 4코스까지 내일을 위한 준비는 끝났다. 이야, 나 너무 잘하고 있는 거 아냐? 전문가 나셨다고.

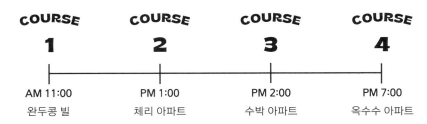

COURSE **1**
AM 11:00
완두콩 빌

COURSE **2**
PM 1:00
체리 아파트

COURSE **3**
PM 2:00
수박 아파트

COURSE **4**
PM 7:00
옥수수 아파트

나 좀 멋있는데?

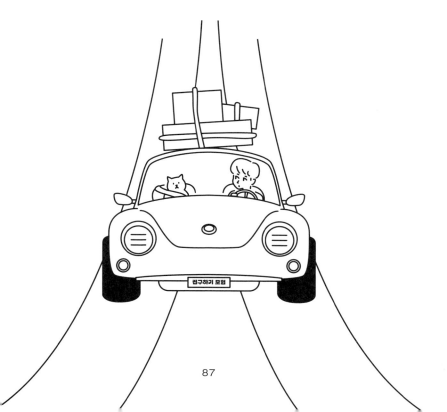

실전! 모험의 세계

정중한 부동산, 은근히 겁주는 부동산, 성의 없는 부동산

■ **준비물**

+ 사진 및 동영상 촬영을 위한
  카메라(휴대폰)
+ 나침반 앱
+ 내 집을 향한 절실함
+ 집주인에 대한 예의
+ 부동산 체크리스트(118p)

다음 날, 약속 시간 20분 전 '완두콩 빌'이 있는 동네에 도착했다. 슬슬 서행하며 '땅콩 아파트'와 '단팥 빌', 그리고 주변의 더 작은 빌라들을 지나쳤다. 공영 주차장에 겨우 차를 대고 동네를 한번 둘러본다. 생각보다 훨씬 혼잡한 상업 지역이다. 11시밖에 안 됐는데 점심 먹으러 온 듯한 직장인 무리가 길가 식당으로 들어간다. 인근 골목 구석구석까지 상점이 가득해 분주하고 떠들썩하다. 여긴 길에 사는 느낌이겠네. 집 앞으로 차도가 난 친구 집에서 묵을 때면 밤새 들리는 자동차 소리가 신경 쓰였다. 기찻길 옆도 그렇고 찻길 근처에서 난 못 살 것 같다.

혼자 걸으며 동네를 돌아보다가 시간 맞춰 '땅콩 부동산'으로 들어갔다. 중개사님은 완두콩 빌 2층과 9층을 보여주셨고 두 집의 상태는 비슷했다. 아무래도 높은 층 쪽이 전망도 좋았지만 이미 이 동네에 호감이 줄어든 뒤라 별느낌은 없었다. 오히려 백발의 땅콩 부동산 중개사님이 보여준 정중한 태도가 인상에 남는다. 벨을 누르고 문 앞에서 손을 앞으로 공손히 모으시기에 덩달아 나도 얌전히 손을 모았다. 어머, 세상에! 혹시 이런 자세에 이름이 있나 하고 검색해봤는데 '공수'라고 한단다. 집을 보고 공수 자세로 인사드리고 나왔다. "생각해보고 연락드리겠습니다." 연락 안 드릴 수도 있는데 굳이 이렇게 말할 필요가 있을까 싶지만 혹시 모르니까. 세상에 '절대' 일어나지 않는 일은 없더라고.

12시부터 오후 1시까지는 시간이 빈다. '체리 아파트' 둘레를 한 바퀴 돌았다. 체리 아파트는 준공된 지 10년이 된 곳으로, 준 신축에 속한다. 단지 내 인공적인 조경물이 깨끗하고 근처 동네도 단정하다. 평범한 도시의 뻔한 풍경, 그다지 매력은 없다. 그런데 신기하게도 무난하고 지루한 모습이 편하게 다가왔다. 나 정말 시골에 살다 보니 도시 스러운 건 뭐든 좋은 거야? 동네를 돌면서 들렀던 '도시'의 은행이랑 '도시'의 마트도 좋았다.

약속 시간이 다 되어 2코스 시작, '체리 부동산' 중개 사님을 만나 체리 아파트로 갔다. 아까까지 여러 번 근처 를 왔다갔다했지만 왔던 길인지 전혀 모르겠다. 나는 한 번 와봤다고 길을 기억하는 사람은 아니다. 오히려 열 번 넘 게 가본 곳도 헷갈리는 길치다. 집을 향해 걸어갈 때 체리 중개사님이 어느 창을 가리키며 저 집이라고 알려줬는데 머릿속에서 상가나 길의 배치가 그려지지 않아 종종거리 며 정신없이 따라가기만 했다. 집에 들어서자마자 하… 17 평, 실평수 11평이 좁긴 좁구나. 현관과 화장실을 넓게 뽑 은 구조라 방은 더더욱 좁았다. 그나마 세입자가 아니라 집 주인이 살고 있는 집인 데다 지금까지 본 집보다 비교적 최 근에 지어진 아파트라 그런지 확실히 상태는 좋았다. 살림 솜씨가 깔끔한지 주방도 욕실도 깨끗하다. 거리낌 없이 수 납장을 열어 보여줬는데 붙박이장엔 정리 잘된 목공소처 럼 공구류가 가지런하고 빼곡하게 놓여 있었다. 호감 플러 스. 짐을 많이 둘 수 없는 좁은 집이라 그렇겠지만 집주인의 살림이 별로 없어 더 정갈해 보였다. 친구들과 함께 볼 생각으로 동영상도 찍었다. 앞선 집들을 방문할 때도 양해를 구하고 사진을 찍긴 찍었었다. 보는 순간 바로 이 집이다! 하고 마음이 소리치는 집이 나타나지 않는다면 촘촘한 평가로 어느 집이 나은지 비교해서 판정승을 내려야 할 테니 자료 확보는 필수다.

집을 구석구석 살펴보는 건 무례한 게 아니라 오히려 집을 구하는 사람으로서 집을 내놓은 사람에 대한 예의라고 생각한다. 절실한 마음으로, 동시에 침입자로 느껴지지 않도록 조심스럽게 촬영했다. 나에게도 계속 되뇌었다. 느긋하게 한번 둘러볼까 하고 온 게 아니다. 내가 살 집, 내 마음에 드는 집을 찾으러 이 먼 길을 달려왔다. 붙박이장도 열어보라고 자꾸 권유하시던데 굳이 그렇게까지… 하는 마음으로 물러섰더니 집주인과 중개사님이 나서서 여기저기 직접 열어준다. 아, 이렇게까지 해야 하는 거였나. 나는 아직 부족하구나. 더욱 절실하게, 진심을 담아, 집을 재미 삼아 보고 다니는 게 아니라는 기운을 온몸으로 뿜어내면서.

오늘은 여기까지가 최선이다. 그래도 전보다 나아졌으니 다음번엔 더 잘할 수 있겠지. 집은 마음에 들지도 안 들지도 않았다. 좁긴 좁은데 그래도 혼자 살기엔 나쁘지 않아, 그래도 너무 좁아, 조금 더 넓었으면 좋겠어. 이 집이 좁다는 말에 체리 부동산 중개사님은 같은 아파트에서 20평대로 넘어가면 4억 원대라고 했다. 우와, 알겠습니다.

"매매가 좀 그러면 옆에 전세도 하나 있어요. 그것도 생각해보세요"라는 중개사님의 말로 마지막 인사를 나눴다.

다음 코스로 가는 도중에 차를 돌려 혼자 다시 체리 아파트로 돌아갔다. 아무래도 집의 방향이 상가 쪽인지 아닌지 기억이 안 나서다. 지금 사는 집이 상가 바로 옆집이라 치킨집 기름 냄새 때문에 고생이 많다. 때문에 이번엔 정확히 해두고 싶었다. 음, 베란다 창은 단지 안쪽을 바라보는구나. 쓰레기 분리수거장 바로 위인 게 별로지만 집 안에서 시야를 가릴 정도는 아니었어. 이 정도면 괜찮아. 괜찮을 거야.

3코스는 다정한 '수박 부동산' 중개사님과의 재회다. 나에게 딱이라고 했던 '수박 아파트' 매물로 바로 가서 중개사님을 만났다. 벌써 여기서 세 번째 집을 본다. 부동산 사무실로 굳이 갈 필요가 없지, 나는 경력자니까! 중개사님은 묘하게 들떠 보였다. 집에 들어서서 구석구석 살펴보니 수리한 건 맞다. 새집 느낌. 주인분은 짐이 많아 지저분해 보여 미안하다고 하시는데 이 집에 확 끌리지 않는 까닭은 짐이 많아서가 아니다. 아무리 잘 고쳐진 집이라고 해도 붙박이 가구의 색깔, 벽지 무늬, 문의 생김새 같은 게 내 취향은 아니었다. 그래도 열심히 사진을 찍었다. 다 봤고 이제 가고 싶은데 마음 편히 실컷, 꼼꼼히 더 보라며 중개사님과 집주인이 나를 지켜보고 있어 괜히 몇 번 더 집 안을 왔다갔다했다.

잘 봤습니다 인사하고 집 밖으로 나와서 수박 부동산 중개사님에게 말했다. "나쁘진 않은데…." 내 태도가 조금 달라진 걸 느낀 건지 으레 하는 질문인지 중개사님은 다른 집도 보고 있냐 물었다. 솔직하게 방금 체리 아파트를 보고 왔고 이따 옥수수 아파트를 보러 간다고 답했다. 옥수수 아파트는 한 개 동짜리인데 왜 보냐며 동생 나무라듯이 표정을 구겼다. 무례하다거나 싫다고 느껴지진 않았는데 그래도 그렇게까지 할 필요가 있나 하는 의아한 마음이 들었다. 체리 아파트는 좁아서 답답하지 않겠냐며 말을 흐린다. "제가 많이 생각해볼게요. 오늘 연락 주셔서 정말 감사합니다." 우리는 서둘러 헤어졌다.

저녁까지 붕 뜬 시간을 적당히 때우고 4코스 임장에 나섰다. 옥수수 아파트 근처도 미리 가서 혼자 먼저 돌아볼 생각이었다. 점심때쯤 '옥수수 부동산' 중개사님에게 미리 전화를 걸었다. 혹시 오늘 저녁에 집 보는 김에 같이 볼 만한 매물이 있나…요? 말이 끝나기도 전에 없다고 한다. 중개사님을 몇 명 만나다 보니 그분들이 어떤 분인지는 몰라도 내가 좋아하는 타입인지 아닌지, 그 아파트가 나에게 거슬리는 부분이 무엇인지는 알 것 같다. 옥수수 아파트도 큰길가에 있다. 바로 앞에 버스정류장이 있어서 교통은 편하겠지만 길 한복판에 있는 아파트였다. 집은 주택가에 있었으면 했다. 어쩐지 저녁 7시까지 기다렸다가 보고 가기가 그렇게 귀찮더라니….

약속 시간에 맞춰 옥수수 아파트 앞에서 5분을 기다렸지만, 옥수수 부동산 중개사님이 나타나지 않는다. 전화를 걸었는데 헉! 전화기가 꺼져 있다. 아니, 손님과 약속한 중개사 전화기가 꺼져 있을 수가 있단 말인가. 두 번, 세 번 다시 전화를 걸었다. 꺼져 있다. 와, 낮에도 되게 전화 받기 싫은 목소리로 대충 받더니? 말도 안 돼, 어떻게 이렇게 영업을 할 수 있지? 너무 당황하고 화가 나서 차로 돌아오면서 몇 번 더 통화 버튼을 눌렀다. 손님을 바람맞히고 잠적한 부동산이라고 어디 신고할 수 없나. 3시부터 기다린 보람도 없이 차를 몰고 완주로 향했다. 약속 시간을 한참 넘긴 시각, 옥수수 부동산 중개사님으로부터 전화가 왔다. 너무나도 태연하게 "오셨어요?"라고 묻는다. "전화기가 꺼져 있어서 기다리다가 돌아왔습니다. 다시 갈 순 없겠네요. 나중에 다시 연락 드리겠습니다." 아아, 이럴 때도 나중에 연락 드린다고 하다니. 그냥 알겠습니다, 하고 말면 될 것을. 한 집이라도 더 보려 했던 나의 절실함을 생각하며 애써 마음을 달래본다.

느긋하게 한번 둘러볼까
하고 온 게 아니다.
내가 살 집,
내 마음에 드는 집을 찾으러
이 먼 길을 달려왔다.

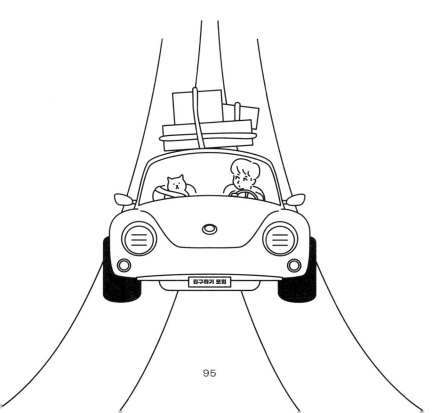

혼돈의 모험

이 집이다! 하는 느낌은 도대체 언제 오나요?

■ 준비물

+ 원하는 집의 구체적인 조건
+ 포기할 수 없는 나만의 요소
+ '그 집'의 부름을 알아챌 눈치
+ 선배들의 조언
+ 절실함

지금까지 본 집은 오늘 다섯 군데, 지난주에 두 군데, 해서 총 일곱 군데다. 부동산도 대여섯 곳 찾아갔다. 집을 많이 보다 보면 이 집이다! 느낌이 온다는데 도대체 몇 개를 봐야 하는 걸까. 열 개? 서른 개? 옥수수 부동산 중개사 님에게 바람맞고 집에 돌아오는 길에 서울 친구 '오리'에게 전화를 걸었다. 오늘 본 집 중에는 체리 아파트가 나은 것 같다고 말했더니 가만히 듣고 있던 오리가 말했다. "지난주에는 수박 아파트 19평이 좋다고 하지 않았어? 다음 주에 또 다른 집 보면 그 집이 좋다고 할 거 같은데?" 어쩜 그렇게 정확하신가요. 나는 왜 이리 줏대가 없나, 어려운 결정을 나 혼자 하는 게 맞나. 가슴이 답답하다.

집을 사겠다는 결심을 한 직후, 최근 집을 산 사람들을 수소문해 만나러 다녔다. 힘들게 혼자 애쓰는 게 서럽고 두려울 땐 공감할 수 있는 상대를 찾아 나설 것. 맨 처음에 찾아간 사람은 단독주택을 사서 리모델링을 한 아는 언니였다. 그는 나처럼 프리랜서였는데 수입이 비정기적이고 증명이 불확실한 편이었다. 프리랜서도 대출을 받을 수 있는지, 어떤 절차를 통해 가능한지를 주로 물었다.

대전으로 첫 번째 임장을 다녀온 후에는 다른 친한 언니를 만나러 서울로 달려갔다. 이사가 두렵고 조급했던 나는 아는 사람 중에 짧은 기간 가장 많은 이사를 한 사람을 떠올렸다. 그는 몇 년 사이 예닐곱 번의 이사를 했다. 귀촌했다가 다시 서울이라는 큰 도시로 돌아간 것도 나와 처지가 비슷했다. 일단 만나서 이야기를 듣고 싶었다. 나한테는 이사도 매매도 어마어마하게 느껴지는데, 그 대단한 일을 해치운 사람을 직접 보고 싶었다. 집을 보러 다니기 시작하긴 했는데 잘 하고 있는 건지, 집을 산다는 건 어떤 건지, 다시 도시로 이사한 이후엔 어떻게 지내고 있는지, 지금 마음은 어떤지 등등 여러 가지가 궁금했다.

무엇보다 삶의 방향을 자기 힘으로 돌린 사람, 큰 결심을 하는 사람의 태도, 변화를 맞이하는 사람의 자세를 내 눈으로 보고 싶었다. 나도 이제 그런 걸 할 사람이니까. 나 역시 충분히 그럴 힘이 있다는 걸 언니를 통해 믿고 싶었다. 언니를 보면 힘이 날 것 같았다.

생각조차 해보지 않았던 엄청난 일, 어디서부터 어떻게 시작해야 할지 막막하게만 느껴지는 태산 같은 일 앞에서는 먼저 그 길을 지나간 사람이 있다는 걸 알기만 해도 한결 자신감이 생긴다. 길 잃은 산속에 밤이 찾아왔는데 앞선 이의 발자국을 발견하면 이 길이 맞구나 안심하게 되는 것처럼. 방향을 가늠할 수 있는 별이 하늘에서 빛나니 그 빛을 따라 걸음을 멈추지 않고 다시 힘을 내 나아갈 수 있다. 지금은 잠시 헤매고 있지만, 느린 걸음일지라도, 가끔은 잘못 들어선 길에서 긁히고 미끄러지더라도 끝을 향해 가면 된다. 갈 수 있다. 그런 나를 스스로 대견하다 칭찬해주고 응원하는 것도 잊지 말자. 남이 해주길 바라지 말고 내가 먼저.

언니는 이사 경험, 집을 산 과정, 다시 도시로 올라와 적응할 때의 일, 지금 생활 등에 대해 많은 이야기를 해주었다. 그런 얘기를 듣는 게 좋았다. 언니는 어떤 도움이 되었는지 모르겠다고 했지만 언니가 나를 만나줘서, 하루 재워줘서, 맛있는 걸 나눠주고 사랑을 전해준 덕분에 내 마음의 바퀴가 더 강하고 빠르게 쌩쌩 돌아갈 수 있었다. 이제 집 구하기 모험엔 질주만 남았다!

그때 언니가 말해준 것은 '절실함'이었다. 집을 사려면 진짜 꼭 집을 사겠다는, 나한테 맞는 집을 찾겠다는 절실함이 있어야 하고 그런 태도로 집을 보러 다녀야 한다고. 쑥스럽다고 머뭇거리며 소극적으로 행동하면 집을 파는 사람이나 공인중개사, 그리고 나 자신까지도 이 일을 진지하지 않게 생각해버린다고. 언니의 말은 내게 큰 울림을 줬다. 절실한 태도를 가지려면 진짜로 절실해야 했다. 맞아, 나는 진심이야. 그 진심을 보이는 게 부끄럽지 않아. 이 프로젝트에 임하는 내 마음이 바로 서는 기분이 들었다. 그리고 언니가 말했다. 집을 많이 보다 보면 이 집이야 하는 순간이 온다고, 자연스럽게 알게 된다고.

지금까지 본 집들의 특이 사항을 정리했다. 인터넷에서 찾은 것을 참고해 나만의 체크리스트도 만들었다. 식기 건조기가 옵션으로 달려있던 집이 어디였더라, 에어컨을 두고 간다고 한 집은? 동영상을 찍어두길 잘한 것 같다. 정리하다 보니 자연스럽게 후보가 추려졌다.

오늘 본 집 중에서는 아무래도 '체리 아파트'가 제일 낫다. 지금 사는 집보다 좁은 게 내내 마음에 걸려서 아쉬운데 자꾸 생각이 난다. 전형적이고 인공적인 단지 내 조경과 특색 없는 길이 그냥 좋았다. 큰길에 있는 마트, 아파트 단지 정문을 따라 나란한 상점들, 그 앞을 걸어가던 초등학생들까지도 마치 고향의 풍경처럼 편안하게 느껴졌다. 실제로 내가 유년기에 살았던 고향집이나 오랫동안 살았던 서울 집은 그런 풍경이 전혀 아니지만, 이건 내 머릿속에서 그려온 그리운 도시의 풍경이다.

'체리 부동산' 중개사님의 중립적이고 거리를 지키는 말하기 방식도 편안했다. 그 역시 도시의 것이다. 이름 따위는 말할 시간도 필요도 없고 따로 연락처를 묻지도 않는다. 대화가 필요한 순간에는 날씨 같은 전혀 민감하지 않은 주제, 매물과 매물 주변의 이야기만 한다. 체리 부동산 중개사님도 내게 혼자 사는 거냐 묻기는 했지만, 직장이 어디인지 지금 어디 사는지 같은 질문은 하지 않았다. 개인적인 호기심을 갖지 않으려 애쓰고 있거나 진짜로 전혀 관심이 없어 보인다. 이런 쪽이 확실히 편하기는 하다. 차를 타고 가다가 다시 돌아와 집의 외관을 확인한 것도 집이 나를 부른 것이었을까. 언니가 말한 이 집이다, 하는 느낌이 바로 이걸까.

생각조차 해보지 않았던
엄청난 일,
어디서부터 어떻게 시작해야 할지
막막하게만 느껴지는
태산 같은 일 앞에서는
먼저 그 길을 지나간 사람이
있다는 걸 알기만 해도
한결 자신감이 생긴다.

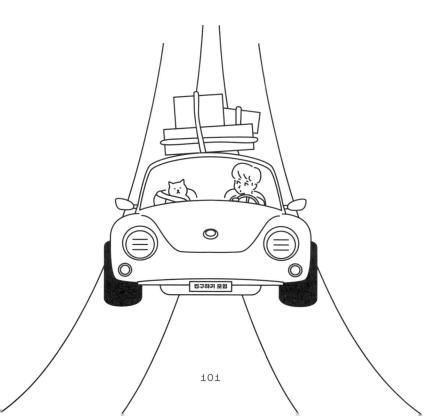

모험가의 숙고

운명이라고 치고

■ **준비물**

+ 자가 후보 대진표
+ 선택을 위한 결단력
+ 후회하지 않겠다는 다짐
+ 결정에 대한 셀프 응원

이 집이다, 하는 특별한 느낌은 아직 오지 않았다. 이 집도 좋고 저 집도 좋은 것 같은, 갈팡질팡하는 마음만 있다. 앞으로도 확신이 쉽게 서지 않을 거라는 예감이 스멀스멀 느껴졌다.

나는 회사를 그만둔다거나 멀리 긴 여행을 간다거나 귀촌을 결심하는 식의, 누군가에게는 어려울지도 모를 결정을 자주 해왔다. 때문에, 나를 겁이 없고 충동적이고 자신의 욕망과 감정에 충실한 자유로운 영혼으로 생각하는 사람이 많았다. 그렇지만 듣는 이에게나 갑작스러운 결정이었을 뿐, 나에게는 심사숙고 끝에 내린 결론이다. 강렬한 이끌림을 따라 나도 모르게 다른 길로 들어선 게 아니었다. 언제나 수만 번 고민하고 수백 번 경우의 수를 상상하고 나름의 기준으로 평가해서 그나마 나은 선택을 해온 것이다.

집도 마찬가지일 터. 나에게 운명처럼 찾아오는 집은 없을지도 모른다. 지금까지 내가 해온 대로 각 후보의 장단점을 평가하고 그중에 조금이라도 더 마음이 가는 선택을 해야겠다. 운명처럼 집이 찾아오지 않는다면 내 선택을 운명이라 믿기로 결심했다.

지금까지 본 집을 정리해 4강 출전 후보를 추렸다. 슬금슬금 마음속엔 결승 대진표가 그려졌고 희미하게나마 어떤 집이 최종 우승일지 알 것 같았다. 큰 결정을 할 땐 늘 이런 식이었다.

득점 차가 크게 나는 경우도 있었지만, 51:49로 마음이 확실치 않을 때가 더 많았다. 이렇게 선명하지 못한 채로 결정해도 되나 나중에 마음이 바뀌면 어쩌나 당연히 격정된다. 점수 차를 벌리고 싶어서 재투표를 해봐도 더 큰 차이가 나지 않았다. 박빙의 승부, 어쩔 수 없다. 이런 일이 반복되자 이젠 순위가 뒤바뀌지 않는 것만도 다행으로 여긴다. 아주 어려운 결정이야. 그렇지만 조금이라도 우세한 쪽이 분명히 내 마음이라는 걸 받아들인다.

공무원 시험 최종 합격 점수처럼 0.1점이라도 높다 판단되면 그 선택을 하는 거다. 이도 저도 하지 않는 순간이 가장 괴롭기 때문에 결정하면 동시에 의심이나 후회는 하지 않기로 결심한다. 이번에도 그렇다.

'집은 많이 보면 볼수록 좋다', '특히 매매라면 서른 곳은 봐야 한다' 같은 말을 들어왔기에, 하루에 대여섯 곳씩 한 달 정도 더 집을 보러 다닐 계획이었다. 그런데 처음에 좋은 인연을 맺은 수박 부동산 중개사님이 소개한 '내게 딱인 집'도, 지도상에서 왠지 마음에 들 것 같던 '땅콩 아파트'와 '옥수수 아파트'도, 직접 찾아가보니 내 기대에 훨씬 못 미쳤다.

여러 집을 경험하면 보는 눈은 더 정확해질 테고 시간을 들여서 기다리다 보면 다양한 매물이 나오기는 할 테지. 그런데 나는 쇼핑할 때도 선택지가 너무 많아지면 골치가 아프고, 고르는 데 전혀 재미를 느끼지 못하는 사람이다. 선물 가게에서 포장지를 고를 때도 넋이 나간다. 사장님이 무작위로 두세 개를 뽑아 여기서 고르라고 범위를 좁혀주면 그나마 나았다. 펼쳐보지 못한 나머지에 대한 아쉬움도 없다.

집은 포장지보다 훨씬 비싸고 내 생활에 두고두고 영향을 미칠 테니 더 신중하게 골라야 하겠지만, 언제까지 더 좋은 집이 나오기만을 기다릴 수는 없는 노릇이다. 확실한 건, 계속 집을 보러 다니는 일이 신나거나 기대되지 않는다는 사실이다. 괜찮으면 그냥 하자. 언제 또 어떤 집이 나올지 예상할 수 없지만 지금 이 집을 만난 게 인연이고 운명이라고 치자. 아직 지치지 않았지만 이렇게 계속 집을 보러 다닌다면 나는 조만간 지치고 짜증나서 상태가 더 나빠질 수도 있다. 기운이 좋을 때 하고 싶은 걸 하자. 바로 이 집이다! 라는 운명의 목소리는 들리지 않았어도 이제 그만하는 게 좋겠다는 마음의 소리가 들려왔다.

앞으로 중개사님들이 보여줄 집은 지금까지 본 집과 비슷한 조건일 것이다. 내가 지도만 보고 고르는 데는 한계가 있다. 상권과 학군, 교통을 고려했을 때 '체리 아파트'가 제일 낫다. 결승 대진표에는 수박 아파트와 체리 아파트가 올라갔지만, 마음은 체리 아파트로 기울었다. 부끄러움을 무릅쓰고 부동산 유튜브 댓글에 남긴 질문에도 다른 아파트에 비해 체리 아파트가 단지도 크고 가장 최근에 지어졌다는 점에서 '무조건' 나은 선택이라고 했다. 이제부턴 체리 부동산 중개사님 말대로 매매를 할지 전세로 할지 고민해야겠다.

**운명처럼 집이 찾아오지 않는다면
내 선택을 운명이라 믿기로 결심했다.**

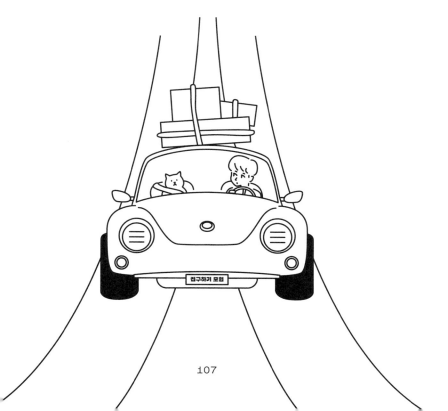

노련한 모험가들

제 모험에 투자해주세요

■ **준비물**

+ 믿음과 사랑

+ 배짱

이 모험은 가족의 도움이 필요하다. 그러니 혼자 너무 고민하지 말고 가족들과도 상의하려고 한다. 친구들과는 종알종알 이야기를 많이도 나누면서 오히려 친언니나 엄마, 가족들과는 이런 이야기를 피했다. 내가 도움을 받았으면 받았지 아예 남처럼 지낼 것도 아니면서, '사소한 고민부터 무거운 고민까지(팟캐스트 〈송은이 김숙의 비밀보장〉 캐치프레이즈에서 인용)' 마음을 나누기가 어려웠다.

집에서 막내인 덕에 사랑과 참견까지 많은 걸 받았지만 가족의 의무로부터는 비교적 자유로웠다. 감사한 일이지만 그런 걸 당연하게 여기게 되는 건 싫었다. 그렇다고 가족이라면 마땅히 이래야 한다는 데는 거부감이 있어서 어정쩡하게 내 멋대로 살았다. 그러다 보니 가족들에게 철이 덜 든 막내로, 조금은 어렵고, 또 많이 우습고, 못 미더운 걱정거리가 되고 말았다. 조카들에게 다른 친척들처럼 용돈도 팍팍 못 주고, 큰마음 먹고 엄마한테 뭐라도 사드려봤자 다른 자식들의 그것과는 비교도 되지 않아 마음이 쪼그라들었다. 돈 대신 시간과 정성을 들였지만 내가 귀하게 낸 마음은 당신들의 기준과 늘 어긋나는 느낌이었다.

저는 이제 알아서 제 갈 길 잘 가렵니다 하는 마음으로 살아오길 수년째인데 도움이 필요한 순간에 손 내밀 곳이 결국 가족이라니 영 찝찝하다. 독립과 자립, 대안과 미래 같은 말을 하면서 평등한 관계로 살기를, 떳떳한 사람으로 살기를 애썼는데 잘 모르겠다. 사실 누구의 도움도 받지 않고 살 수는 없다. 뭐든 혼자 다 하는 게 독립이 아니고 서로 의지하고 돌보며 함께 서는 연립, 필요에 따라 의존을 선택하는 게 진정한 독립이라 배워가는 중이다.

언니들에게 그간 본 집들에 대해 브리핑하러 서울에 가겠다고 했더니 언제든 오란다. 다음 날 아침 일찍 단골집 콩나물국밥을 먹고 뜨뜻한 자신감을 가득 채워 출발했다. 클라이언트에게 경쟁 PT 발표하러 가는 사람인 양 프레젠테이션을 어마어마하게 준비할까 하다가 뭘 또 그렇게까지 하나 싶어서 보고서 스타일로 간단히 작성했다.

지금까지 보러 다닌 매물의 특징, 대전의 구별 특징과 부동산 흐름, '체리 아파트'의 특징과 최근 3년간 가격 추이, 매매가 외 필요한 추가 비용을 문서로 정리하니 A4 세 장이 나왔다. 마지막으로 체리 아파트가 마음에 드는데 전세로 할지, 매매로 할지를 안건으로 올렸다. 지금 샀다가 떨어지면 어쩌지? 안 샀는데 더 오르면 어쩌지? 나는 이 집을 사도 될까? 유주택자이신 친언니 두 분의 고견을 들을 예정이었다.

보고서는 서울행 기차에서 썼다. 무궁화호라서 테이블도 없고 불편했지만 집중해서 일하다 보니 시간이 훌쩍 갔다. KTX가 무궁화호보다 두 배나 비싸기 때문에 마음 편히 무궁화를 탔다. 이런 나를 가족들은 못마땅해한다. 나를 측은하게 보지 않았으면 좋겠는데 돈 없어서 KTX도 못 타는 막내가 불쌍한 거다. 미용실에 자주 안 가는 것도, 일회용품이나 비닐봉지를 쓰지 않는 것도 마음에 안 들어 한다. 엄마는 내가 면 생리대를 쓰는 것도 생리대 살 돈이 없어서 그런 거냐며 안쓰러워 하신다. 빨아 쓰다 보면 꼬질꼬질해지는 건 당연한데 어쩌다 내 낡은 면 생리대를 보면 그런 거 쓰지 말고 새것, 좋은 것 쓰라고 하신다. 가난을 경험한 당신은 여전히 뜨거운 물로 설거지하는 걸 질색하시고, 세탁기 돌리기 전에는 꼭 손빨래부터 한 뒤 그 비눗물을 재사용하시면서도, 내가 어쩌다 얻은 비닐봉지를 씻어서 쓰는 건 싫으신 거다. 당신도 식당에서 냅킨을 챙겨와 방이라도 닦고 싶어 하시면서 말이다. 언니들이 막내가 그러는 건 친환경이니 이해하라고 설득해도 엄마 눈에 나는 언제나 아픈 손가락일 거다. 그래서 오늘 무궁화호를 탄 것, 엄마한텐 비밀이다.

저녁 식사를 마치고 작은언니가 브리핑은 어디서 할거냐고 물었다. 언제 어디서든 할 수 있게 준비해왔다고 태블릿 PC를 펼쳤지만, 보는 둥 마는 둥. 대략 설명했을 뿐인데 바로 "해!"가 날아왔다. 아니, 이렇게 쉽게 결정할 일인가요? 제 얘기 좀 들어보시고 제가 써온 보고서도 좀 보셔야… 엘리베이터 1분 스피치야, 뭐야.

그 집이 마음에 들었고 전세냐 매매냐가 고민이라면 당연히 매매다. 마음에 드는 동네와 집을 만나기는 쉽지 않으니 지금이라도 당장 부동산에 전화하란다.

- 전 재산을 들여 집을 샀는데 만약에 집값이 계속 떨어지면 어떡해?

　- 아무 일도 안 생겨.

　- ???

　- 물론 기분 나쁘겠지. 반대로 가격이 막 오른다고 해도 기분이 좋을 뿐, 당장 집 팔고 다른 집을 사려면 그 집도 올라있을 테니 마찬가지야. 살 수 있는 여력이 되면 지금 집을 사고 그 집에 사는 거야.

간단하고 명료한 말씀이다. 엉엉. 역시 애정 있는 사람의 연륜이 느껴지는 조언은 좋은 거구나. 언니들은 나랑 말이 안 통해서 나는 너무 외로워, 이런 말을 해대던 과거의 나야, 너를 실망시킨다고 해서 '가족 따윈 필요 없어, 아무 도움이 안 돼'라고 섣불리 생각하진 말기 바란다. 의지가 되고 지혜를 나눠주는 날도 있을 거란다. 물론 머지않아 또 실망할 테지만… 그건 너도 그들에게 마찬가지잖니.

　- 네가 어련히 알아서 잘 결정했을까. 집도 많이 보러 다녔다며. 그 집으로 하고 싶은데 마지막 확신이 필요해서 온 거잖아. 옜다, 여기 확신.

　- 이렇게 쉽게 결정해도 되는 걸까?

　- 열 군데나 봤다며. 나는 세 군데 보고 그중에 골랐는데? 충분히 신중하게 고민했겠지. 잘했어. 수고했어.

나, 수고했다는 말이 듣고 싶었구나. 울컥했지만 언니들 앞에서 울면 창피하니까 꾹 참았다. 긴급회의는 싱겁고도 순조롭게 끝났다. 서울에서 하룻밤 자고 내일 체리 부동산 중개사님에게 전화만 하면 되겠네.

옜다, 여기 확신.

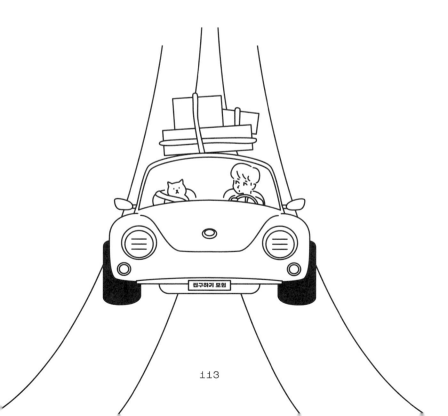

알아두면 좋은 #2

세금 용어

■ 취득세

집을 살 때 내는 세금. 관할 지자체(시, 군, 구)에 내는 지방세에 속한다. 매매가에 따라 세율이 다르지만 〈호갱노노〉, 〈네이버 부동산〉 등 부동산 앱은 매매가와 함께 대략적인 취득세 금액도 안내한다. 잔금 치르는 날 해당 관청(시청, 군청, 구청)에 방문해 취득세 신고를 하면 납부서를 발급해준다. 물론 인터넷으로도 할 수 있다. '생애최초주택' 취득인 경우 취득세 감면 대상으로 집값과 소득 기준에 의해 100퍼센트 또는 50퍼센트를 감면받는다. 준비할 서류가 좀 많지만 어렵지 않다. 감면 신청은 직접 방문해야 한다. 취득세 납부 기한은 취득일로부터 80일이다. 일단 취득세 납부 후 환급받을 수도 있다. 감면 조건으로 3개월 이내에 전입신고 및 실거주를 시작해 3년 간 유지, 1가구 1주택을 유지할 것 등 의무준수사항이 있다.

■ 재산세 · 종합부동산세

집을 가지고 있으면 내는 세금. 재산(주택, 토지)을 가지고 있는 사람이 매년 내는 세금을 '재산세'라고 한다. 재산을 유형별로 구분하여 공시가격 합계액이 일정 금액 이상일 경우 재산세와 별도로 '종합부동산세'도 과세된다. (뉴스에 나오는 '종부세' 그거 맞다.) 종부세의 경우, 주택은 공제금액이 6억 원이지만 1세대 1주택의 경우에는 12억 원(2023.4 기준)이다. 집이 여러 채일 때 집값을 모두 합해 6억이 넘거나, 집이 한 채인데 12억이 넘는 집을 가지고 있는 사람이 내는 세금인 것. 재산세는 매년 6월 1일 기준으로 산정되므로 집을 파는 사람은 그 전에, 집을 사는 사람은 이후에 거래하는 걸 선호한다. 만약 6월 1일에 계약하면? 과세기준일은 계약서 작성일이 아니라 잔금지급일과 등기접수일 중 빠른 날짜를 기준으로 한다. 5월에 계약하고 6월 1일에 잔금을 치렀다면 매수인이, 6월 2일에 잔금을 치렀다면 매도인이 재산세 부과 대상이다. 나는 5월 초에 계약하고 6월 중순에 잔금을 치렀으니 매매날짜는 6월 중순이어서 올해 재산세를 내지 않았다. 내년부터 부과된다. (매도인이 집을 파는 사람, 매수인이 집을 사는 사람인 건 잊지 않았겠죠?)

■ 양도소득세

양도는 재산이나 물건을 남에게 넘긴다는 뜻이다. 헬스장 회원권, 독서실 월간 이용권 양도할 때 그 양도. '양도소득'은 집을 샀을 때보다 오른 가격으로 집을 팔 때 번 소득, 즉 양도차익에 대해 부과되는 세금이다. 양도차익을 계산

할 때는 취득세, 수수료, 보일러 교체 비용 등을 필요경비로 인정받는다. 이런 말은 언제 들어도 복잡하지만, 도배나 장판 같은 소모성 지출은 필요경비로 치지 않는 대신 대대적으로 집을 공사해서 집의 가치가 올라갔다고 치면 그 부분을 감안해서 집값 상승의 필요경비로 공제한다는 뜻으로 이해했다. 양도 소득세는 집을 소유한 기간에 따라서도 세율이 다르다. 집이 여러 채이거나 2년 이내에 되팔 때는 중과세율(특정한 경우 높이는 세율)이 적용되기 때문에 집을 팔 때 최소 2년은 실제로 거주한 뒤 파는 편이다. 그 2년도 실제로 거주했느냐 보유만 하고 임차했느냐에 따라 세율이 다르므로 투자를 위해서라면 더 자세히 공부할 것.

■ **비과세**

세금을 부과하지 않는다는 뜻. 비과세 적금, 비과세 품목이라는 말이 있듯이 주거 안정을 위해 일정한 요건을 충족하면 과세하지 않는다. 1세대(1가구)가 1주택만 보유한 경우, 매매가 12억 이하일 때, 2년 보유 또는 2년 주거의 요건을 충족하면 주택을 팔 때 생긴 양도소득에 비과세 적용을 받을 수 있다.

■ **소득공제 · 세액공제**

소득공제와 세액공제의 차이를 이해하려면 '세금은 소득에 매겨진다, 소득이 높을수록 세율이 높아진다'는 사실을 알아야 한다.

'소득공제'는 총소득에 대한 세금을 물리기 전에 이름 그대로 소득에서 일정 금액을 빼준다는 뜻이다. '세액공제'는 최종 산출된 세액에서 세액공제 항목에 해당하는 세금을 빼준다는 뜻이다. 특정 소득 이하에서는 세금을 직접 깎아주는 방식이라 세액공제가 유리하다. 월세액 세액공제는 소득 7천만 원 이하의 무주택자가 국민주택규모 또는 3억 원 이하의 주택을 임차한 경우에만 가능하다는 조건이 붙는다. 소득기준에 따라 월세액의 15퍼센트(1년 총 급여 5천 5백만 원 이하) 또는 17퍼센트(1년 총급여 5천 5백만 원 초과 7천만 원 이하)를 세액공제 받을 수 있고 최대한도는 연간 750만 원이다. 나는 제약이 많은 쪽을 우선 살펴본다. 구체적으로 따져서 계산해보지 않아도 소득이나 기타 조건이 까다로울수록 혜택이 큰 경우가 많다. (은행 예적금도 나이 제한, 소득 제한, 한도 제한, 횟수 제한이 있는 상품이 이율이 높은 것과 마찬가지.)

국세청에서 운영하는 온라인 서비스 〈홈택스〉에서 직접 주택임차료 월세액 세액공제 신청과 주택임차료 현금영수증 발급 신청이 가능하다. 화면에서도 세액공제와 소득공제가 다름을 명시하며, 세액공제 대상이 되지 않거나 원치 않으면 소득공제를 신청하라고 안내한다.

세액공제를 받든, 소득공제를 받든 임차인이 임대인에게 월세를 지급했다는 증빙이 필요하다. 계약서상 임차인이 임대인 명의의 계좌로 월세를 보낸 경우에는 집주인의 동의 없이도 직접 〈홈택스〉에서 소득공제를 신청할 수 있다. 임대를 주는 집주인 중에는 집의 명의만 가족에게 빌리는 경우도 있는데, 계약서상 임대인과 동일한 계좌로 월세를 입금해야 인정된다. 가장 깔끔한 방법은 세 들어 사는 사람이 자기 이름으로 진짜 집주인과 임대차계약서를 작성하고 본인 계좌에서 집주인 계좌로 월세를 보내는 것이다.

알아두면 좋은 #3

부동산 체크리스트

■ 집을 보러 다닐 때 사용하면 좋은 체크리스트를 준비했다

전체 몇 층짜리 건물 중에 어디쯤 위치한 집인지, 단지의 전체 규모는 어느 정도인지, 얼마나 오래된 아파트인지 기록해두자. 아파트는 무조건 신축이 좋다는 사람도 있는데 새 아파트를 분양받는 게 아니라면 가능한 지은 지 오래되지 않고 새집 냄새가 빠진 2~3년 차 아파트가 제일 좋기는 하다. (10년 된 아파트까지를 준 신축으로 보는 듯했다.) 물론 2~3년 된 아파트는 비싸다. 20~30년 된 오래된 아파트는 내부 리모델링을 해서 새집처럼 만들어놓아도 상하수도 배관이나 건물 전체의 전기 등이 노후되어 살다가 큰 공사가 필요한 때가 온다. 녹물이 나오거나 배관 누수, 파손 등 우려가 있다.

보통 우리가 말하는 평수는 복도나 주차장 면적까지를 포함한 '공용면적'이다. 17평 아파트라면 내가 단독으로 사용하는 집의 크기, 즉 '전용면적'은 11평쯤 되는 셈이다. 중개사와 말할 때와 인터넷으로 검색할 때 단위가 자꾸 헷갈려서 두 가지 면적 전부 파악할 수 있도록 체크리스트에 적어두었다.

차가 있다면 주차 시설도 확인하자. 주차 공간이 협소하고 지상 주차장만 있는 곳도 많다. 지상 주차장만 있는 집에서 살 때는 한겨울에 눈을 맞고 와이퍼와 앞 유리가 꽁꽁 얼어 추운 날 차를 녹이느라 고생이 많았다. 반대로 여름엔 너무 뜨거워진다. 자동차도 추위와 더위를 피할 수 있는 실내가 더 좋다.

채광의 방향은 매도인이나 중개사가 알려주긴 하지만 남쪽으로 조금만 치우쳐도 남향이라고 우기는 경향이 있으니 휴대전화에서 나침반 앱을 이용해 직접 확인해보자. 집의 습기는 전문가가 아닌 이상 눈으로 보기만 해서 확인하긴 어렵겠지만 그래도 이런 부분을 염두에 두겠다는 마음으로 확인! 벽을 쓱 한번 만져보는 것도 좋다.

나는 창밖으로 보이는 풍경을 중요시하는 사람이라 'view' 항목을 따로 두었다. 욕조가 있으면 가산점을 주었다. 자신이 중요하게 생각하고 포기할 수 없는 조건이 있다면 남들이 뭐라 하든 꼭 챙기자. 내가 살 집이니까!

마지막으로, 집을 매매할 때는 집값 외에도 들어갈 돈이 많다. 집을 보면서 내가 가용할 수 있는 예산과, 매매가에 따라 달라지는 예산을 대략적으로나마 생각해봐야 한다. 집의 가격에 따라 부대비용도 차이가 날 수 있기 때문이다.

CHECKLIST

| ■ 주소 | | ■ 공급면적 | m² |
| | | | 평 |

| ■ 호가 | | ■ 전용면적 | m² |
| | | | 평 |

방	욕실	베란다	층수	전체 층수

단지 규모(동/세대수)		한층 세대수	
엘리베이터		입주년도(연식)	

수리여부		주차장		관리비	
채광 향		습기		view	

욕실(타일, 변기, 욕조)		수압	곰팡이
주방(싱크대, 상하부 장)		보일러	

주변상권(마트, 시장, 식당, 카페, 편의점 등)
교통
학교
기타시설(도서관, 헬스장, 공원 등)

CHECKLIST

- 입주 가능 시기

■ 등기상 소유주	■ 현재 거주자

■ 필요예산	매매 가격(가계약금+계약금+중도금+잔금)	
	부동산 중개료	
	등기 관련(대행료, 국민주택채권, 정부수입인지, 등기신청수수료)	
	취득세	이사 비용
	수리비	도배장판 비용
	입주청소 비용	선수관리비예치금 등 기타 예비비

- 평면도

ADVENTURE

OF

HOUSE HUNTING

Part. 4

근심 걱정 두렵지 않아

최적의 타이밍

부동산엔 도대체 언제 전화하지?

■ **준비물**

+ 인내심과 평정심
+ 의연한 척하는 연기력

나는 '체리 아파트'를 살 거다. 내일 아침 '체리 부동산'에 전화해서 그렇게 말할 거다. 그런데, 어쩌면 그래서 잠이 오지 않는다. 빨리 내일이 와서 바로 전화할 수 있으면 얼마나 좋을까. 오늘 밤사이 그 집이 팔리지는 않겠지? 내일 휴일이니까 너무 일찍 전화하면 안 되겠지? 9시 반이면 괜찮으려나. 아니 너무 이른가. "저 그 집 하겠습니다"가 좋을까 "제가 살게요"가 좋을까. 고민하면서 뒤척거리다 새벽 4시에 겨우 잠이 들었다. 그러곤 7시 알람에 바로 깼다. 아침에 짜파게티를 먹자고 어젯밤에 정해두어서 일어나자마자 집 앞 편의점에 다녀왔다. 언니가 끓여준 짜파게티 맛이 잘 느껴지지 않아 깜짝 놀랐다. 킁킁 냄새를 맡아본다. 반찬인 김치 냄새는 느껴진다. 다행이다. 크게 호들갑을 떨지는 않았지만 잠도 제대로 못 자고 밥도 못 먹다니 떨리긴 떨리나 보다. 30분이나 일찍 언니 집을 나서 완주로 향했다. 아무렇지 않다고 말하고 싶지만, 초긴장 상태다.

당연히 기차역에 일찍 도착했고, 기차에 타서도 언제쯤 체리 부동산에 전화할 수 있을지 시계만 보고 있었다. 너무 일찍이라 전화하기는 죄송해서 문자 남깁니다, 저 그 집 하려고요, 라고 보내놓으려다 조금만 더 기다리면 되는 걸 그렇게까지 간절해 보이는 게 왠지 좋을 리 없을 것 같아 꾹 참았다. 집을 보러 다닐 때는 절실하게, 결정을 전할 땐 담담하게.

오늘은 어린이날이다. 어제 중개사님께 전화해서 휴일인데 일하시냐고 물어본 게 정말 다행이다. 결국 9시 50

분에 전화하고 말았다. "저, 그거 할게요." 6월 입주도 좋다고 말씀드렸더니 계좌 '따서' 알려주겠다고 한다. 오, 전문용어. 이어 중개사님은 가계약금으로 300만 원 입금하면 된다고 했다. "500만 원 정도 에누리 노력해주시겠다고 했죠, 잘 부탁드립니다. 그 금액도 충분히 크지만 혹시 더 가능한지 신경 써주세요." 전화 통화를 하고 나니 이제야 마음이 놓인다. 물론 아직 안심할 순 없다. 만약 다른 부동산에서 매도인에게 먼저 연락이 갔거나, 매도인 마음이 바뀌어 갑자기 집을 안 팔 수도 있다. 계약서를 쓰기 전까지는 끝이 아니다. 그래도 체리 부동산 중개사님에게 전화하기 전엔 전전긍긍, 안절부절이었다면 가계약금을 넣을 계좌번호를 기다리는 지금은 한결 마음이 편해졌다. 조금은 느긋해져도 되겠지.

확실하게 하고 싶어서 문자도 남겼다. "방금 매매하겠다고 전화 드린 사람인데요, 이름을 말씀 안 드린 것 같아서요. 이보현입니다." 사람 '입니다'라고 썼다가 너무 딱딱해 보여 사람 '인데요'로 고쳐 썼다. 어제 못 잔 잠을 자도 좋겠지만 여전히 잠은 오지 않았다. 만약에 이번 건이 불발되면 다른 집을 찾으면 된다. 그땐 체리 부동산 중개사님도 나를 진짜 손님으로 취급하고 더 적극적으로 집을 소개해주겠지. 그나저나 이제 친구들에게 이야기해도 될까? 아니 조금만 더 기다리자. 일단 언니들에게는 이야기해야겠다. 중개사님의 연락을 기다리면서 기차에서 멍하니 창밖을 보고만 있다. 오늘이 행복한 어린이날이 되기를, 제발.

집을 보러 다닐 때는
절실하게,
결정을 전할 땐
담담하게.

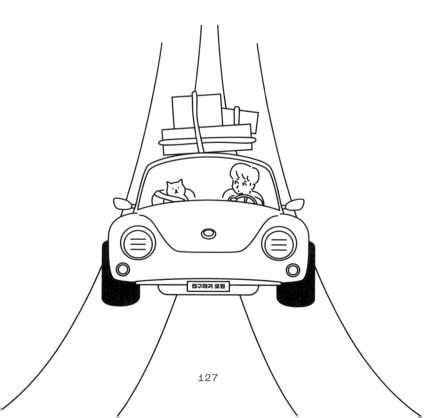

기쁨 확산과
부담 분할

집을 얹었나, 어깨가 무겁다

■ **준비물**

+ 지인의 지인까지 뻗는 섭외력

+ 공손함과 요청 능력

한 시간이나 지났을까. 여전히 기차 안이다. 드디어 전화가 왔다. "300만 원만 깎아주겠다고 하는 걸 제가 말씀 잘 드려서 500만 원 깎았어요. 급매도 아닌데 뭐 그렇게 가격을 봐줄 필요가 있냐고 하시는데 제가 여러 번 설득했어요." 네, 감사합니다. 정말 고맙습니다. 문자로 온 계좌번호로 가계약금 300만 원을 입금했다. 이제야 긴장이 풀린다. 언니들에게 가계약 완료를 알렸다. 축하한다는 말, 춤추는 이모티콘. 조금씩 실감이 난다. 잠시 후 계약 내용이 문자로 전달되었다.

물건: 체리 아파트 **동 *호

매매가: **원

계약서 작성: 다음 주 중 협의

계약금은 매매 대금의 10퍼센트

잔금일: **일 예정으로 협의 가능

계약금의 일부금 300만 원을 이보현 님이 ***님의 **은행 계좌로 입금하여 쌍방 합의로 계약이 성립되었습니다. 부득이한 사정으로 본계약 불이행 시 입금하신 금액에 대하여 매도인은 배액 상환, 매수인은 포기로 가능합니다.

와우, 가계약 완료다. 이제 정말 된 거네. 다음 주에 계약서를 쓰러 간다.

가까운 친구들에게도 드디어 연락했다. 집 구하는 데 큰 도움을 준 다람쥐, 자기 일처럼 같이 고민해준 완주 친구 고등어, 대전 홍보 대사 부엉이와 갈치, 내 하소연을 언제나 조용히 들어주는 오리까지. 친구들과 이야기하면서 들뜬 마음을 진정시켰다. 고마운 사람들에게 감사 인사를 꼭 하고 싶었다. 걱정이 많고 불안한 내가 당신들 덕분에 이렇게 어려운 일도 척척까지는 아니지만 더듬더듬, 제법 한 사람의 어른 몫을 해나가고 있다고. 고맙고, 또 고맙다. 기차가 드디어 목적지에 도착했다. 긴 여행이었다.

기분이 좋으면서 이상하다. 어제 잠을 세 시간밖에 못 잤는데도 이렇게 기운이 넘친다고? 하긴 그럴 수밖에. 지금까지 내가 사본 것 중에 가장 비싼 건 지금 타는 500만 원짜리 중고차다. 그것보다 훨씬 비싼 아파트를 방금 사기로 결정한 것이다. 와… 믿어지지 않는다.

완주 집에 도착하자마자 생애최초주택 구입을 지원하는 '내집마련 디딤돌대출'을 검색하기 시작했다. 뭔 소린지 도통 모르겠다. 같은 이야기라도 아는 사람이 겪은 이야기를 직접 전해 들으면 훨씬 좋을 것이다. 경험담을 나눠줄 친구가 있나도 떠올려본다. 주택담보대출을 받은 친구, 전세자금대출을 받은 친구, 신혼집 마련에 양가의 도움을 받은 친구, 아버님이 부동산 중개업을 하는 친구 등 친한 사람 덜 친한 사람을 막론하고 연락을 돌렸다.

실은 뭘 물어봐야 하는지도 모르겠지만, 뭐라도 하지 않으면 안 됐다. 그냥 지금 저 너무 긴장되고 떨리는데 대출이니 계약이니 머리가 또 복잡해지네요. 집을 결정할 때는 그게 제일 어렵고 큰일 같더니만 결정 후에도 신경 쓸게 태산 같군요. 당신은 어떠셨나요? 하고 질문 같은 하소연을 하고 싶었는지도 모르겠다.

집을 살 거라고는 꿈에서조차 생각해본 적 없던 사람이 어쩌다 보니 이렇게 됐다. 여행하듯 평생 어딘가를 떠돌며 살 작정은 아니었지만 집을 사서 안정적으로 기반을 다지는 그런 '평범한' 삶을 살게 될 줄은 몰랐다. 구체적이고 장기적인 계획이 없었다는 말이 맞을 것이다. 열심히 순간을 살다 보면 눈앞에 길이 나타났다. 갈림길을 만나면 끌리는 곳으로 갔다. 즉흥적인 선택은 아니었다. 온몸의 감각을 곤두세우고 조금씩 원하는 방향을 찾아가는 중이다.

세상에 대한 호기심과 열정이 사라진 건 아니지만 요즘은 다른 느낌을 받는다. 예전엔 인생의 강한 파도에 몸을 던지는 게 짜릿했다. 이제는 아니다. 정면 돌파는 어렵다고 느껴진다. 그렇다고 내내 멀리서 보고만 있고 싶지는 않다. 내 힘에 맞는 약한 파도를 골라 타거나, 탈 것의 도움을 받아야겠다는 생각이 든달까. 지난날처럼 맨몸으로 부딪힐 수 없다면 이제부턴 배를 타고 바다에 나가야지. 지금의 내게 어울리는 삶의 방식을 찾아보자.

운 좋게 이사하고 싶은 마음과 손을 내밀어준 친구의 마음이 같은 시기에 만났고, 충분하진 않아도 어떻게 해볼 만큼의 모아둔 돈이 있었다. 집을 산다고 마음먹는 일부터 찾아보고 선택하는 일까지 결코 쉽지 않은 일이었기에, 그 어려움을 아는 사람들로부터 무슨 말이든 듣고 싶었다. 앞으로 헤쳐나갈 어려움에도 도움 좀 주십사 밑밥도 깔고.

걱정이 많고 불안한 내가
당신들 덕분에
이렇게 어려운 일도
척척까지는 아니더라도
더듬더듬, 제법 한 사람의
어른 몫을 해나가고 있다고.

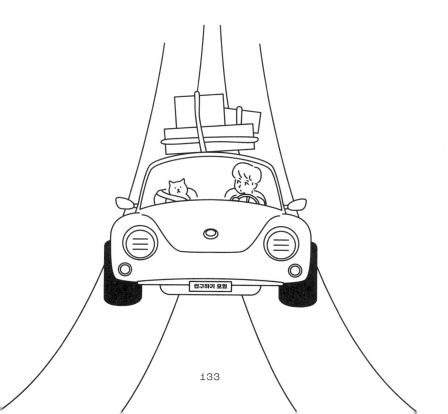

모험 실행 자금

감히 내 주제에 대출을?

■ **준비물**

+ 상세 자금 현황표
+ 세부 항목 예산서
+ 금융 용어 이해력

한국주택금융공사 홈페이지에 접속, 주택담보대출 란에 들어가면 '디딤돌대출'과 '보금자리론'이 있다. 그중 디딤돌대출이 금리가 더 낮으니 자격 요건이 된다면 디딤돌대출을 가장 먼저 알아보는 게 좋다.

디딤돌대출의 자격 요건은 까다로운 편이다. (기억하나요? 까다로울수록 더 좋은 조건일 가능성이 크다는 저의 개인적인 판단법!) 85제곱미터(수도권 외 읍면 지역은 100제곱미터) 이하 면적에, 5억 원 이하 주택만 신청할 수 있는데, 1인 가구의 경우에는 더 제한적이다. 60제곱미터(수도권 외 읍면 지역은 70제곱미터) 이하 면적에, 가격은 3억 원 이하여야 한다. LH임대주택도 비슷한 상황이라 1인 가구는 넓은 집에서 살 자격도 권리도 없냐는 비판의 목소리가 있지만, 소득 기준도 까다로운 서민 대상의 대출 정책이라 아쉽긴 해도 그러려니 한다.

다행히 내가 매매하려는 집은 가격과 면적 조건을 충족한다. 대출 한도는 1억 5천만 원, 소득 기준은 부부합산 연 소득 7천만 원 이하라는 기준인데, 1인 가구라고 만약 그 절반인 3천 5백만 원이라고 해도 나는 충분히 소득 기준 이하일 테니 상관없었다. 오히려 소득이 없다고 대출 승인이 안 나는 건 아닐까 고민이었다.

사려는 집이 자격 요건보다 넓어서 디딤돌대출은 못 받고 보금자리론을 받은 프리랜서 친구가 있어 연락했다. 우선 인터넷으로 대출을 신청하고 은행에선 실행만 했는데 매매계약서 등 필요한 서류만 추가로 제출했다고 한다. 소득에 관한 확인 전화를 받긴 했지만 큰 무리 없이 대출 승인이 났다고, 아주 까다롭지 않은 느낌이었다고 말해주었다. 괜히 불안한 마음에, 친구에게 부탁해 부동산 중개소를 운영하는 아버님께도 연락을 드렸다. 아직 올해 수입이 전혀 없는 프리랜서도 대출이 될까 여쭸다. 대출 심사에선 작년과 재작년도 수입을 전체적으로 검토하니 괜찮을 것 같다고 하셔서 아주 조금 용기가 났다. 정확한 예산도 나중에 정리하고, 대출 신청도 인터넷으로 하더라도 은행에 가서 한번 상담을 받아보고 싶어 은행부터 방문했다.

대출 창구 앞에서 순번을 기다리며 별생각이 다 들었다. 내게도 이런 날이 오다니 웃기고 신기하고 재미있고 떨리고 무서웠다. 어제 대충 계산을 해보니 전체 예산에서 1천만 원 정도 부족하던데 대출은 한 3천만 원 받으면 되려나. 1천만 원과 3천만 원이 어떻게 같냐? 부동산에 갈 때 집 구하는 사람의 기본 소양을 갖추고 가야 한다고 생각했던 것처럼, 대출을 알아보러 은행에 갈 때도 말귀는 알아듣는 사람이고팠지만… 혼자 뭘 좀 읽어보려고 해도 전혀 모르겠더라. 죄지은 것도 아니고 모르면 모른다고 당당하게 물어보자고 백 번쯤 마음속으로 외쳐본다.

드디어 은행 창구 앞. 은행원분에게 디딤돌대출에 대해 상담하러 왔다고 하니, 대출 신청이나 승인 등 전체 과정은 주택공사에서 진행하고 은행은 결정사항으로 실행만

하는 거라 특별히 상담해줄 게 없다고 한다. 시세나 계약금의 몇 퍼센트가 대출로 나온다 정도만 알려줄 수 있다고. 신청은 인터넷에서 직접 하는 거란다. 은행에서 신청할 수도 있긴 한데 절차가 서로에게 복잡해서 직접 하는 걸 추천한다고 했다. 프리랜서라 대출이 될까 걱정이기도 해서요, 라고 말하니 수입은 인정 소득으로도 증명할 수 있고 주택 담보라서 크게 어렵지는 않을 거란다. 3천만 원은 매매가 대비 크지 않은 편이니 무리 없이 승인이 날 것 같다면서. 네, 알겠습니다. 아, 헛걸음은 아니지만 뭔가 허무하다. 잘못한 것도 없는데 은행 앞에선 늘 작아지고 주눅이 든다.

집에 돌아와 인터넷으로 디딤돌대출을 신청하려고 앉았는데 역시 어렵다. 급여명세처럼 명확한 소득 증빙을 낼 수 없는 사람들은 국민연금이나 건강보험료로 인정소득을 계산하는데, 국민연금은 퇴사 후 계속 납부 유예 상태고, 건강보험료도 적게 낸다. 소득이 별로 없고 농어촌 특별혜택도 받고 있는 데다가 올 초에 각종 해촉증명서(해당 근무기간 내 근무하였다는 사실을 증명하는 양식)를 제출해서 보험료를 최소로 낮춰놨으니, 건강보험료를 기준으로 하면 연봉이 정말 눈곱만해진다. 그렇다면 출판사에서 받은 인세, 행사 가서 받은 강연료, 의뢰받아서 한 일의 수입 등등을 일일이 적어넣으면 되려나? 이런 게 너무 어려워서 은행에서 상담하고 싶었던 건데 직접 해보기 전엔 역시 뭘 물어봐야 하는지도 알 수 없었다.

대출 신청 금액을 적는 칸 앞에서 더 막막해졌다. 얼마로 하지. 3천만 원? 5천만 원? 1천만 원? 지금 남의 일 대신 해주고 있는 건지, 이렇게 생각이 없어도 되는 건지 스스로가 조금 한심해졌다. 잔액이 얼마 있는지 정확히 계산해본 거야? 추가 비용도 책정해본 거야? 아니요. 일단 많이 받으면 좋을 거 같아서 5천만 원을 입력해봤다. (나중에 금액을 변경해도 되는지 안 되는지 결과적으로 해보진 않아서 모르겠다. 은행이 그렇게 호락호락하지 않을 것 같기도 하니 꼭 상담해보시기를.) 일단 다음 단계로 이동. 그런데 마지막 상환 계획은 도저히 대충 넘어갈 수가 없었다.

대출 기간도 10년으로 할지 30년으로 할지 마음을 정하지 못했는데 상환 방법은 정말 생전 처음 들어보는 소리 같다. 중고등학교 때 배웠을 텐데 기억이 안 나는 것뿐이겠지? '원리금 균등분할상환', '체감식 분할상환', '체증식 분할상환'. 와, 역시 이 부분에서야말로 공부가 필요하겠다.

어떤 상환 방식으로 정하든 월 납입금은 꽤 비쌌다. 언제까지 프리랜서일지는 모르지만 우선 지금은 월급 받는 상태가 아니다. 집 사고, 이사하고, 이것저것 정리되고 나면 내가 가진 돈이 얼마가 남거나 부족할지, 그래서 얼마가 필요한지 꼼꼼하게 다시 계산해봐야 한다. 일을 안 할 리는 없지만, 월 납입금의 규모가 너무 커서는 안 된다. 지금은 모든 게 너무 불확실하다. 대출 신청 창을 닫고 대출금 상환 방식의 특징과 차이에 대한 글을 찾아 읽었다. 으악, 울고 싶다.

  곧 정신을 똑바로 차리고 엑셀 시트에 내가 가진 돈을 입력하기 시작했다. 필요한 돈도 최대한 구체적으로 적었다. 매매 대금, 취득세, 중개수수료, 이사 비용, 도배·장판 비용, 입주 청소 비용 등을 합했다. 어제 대충 머리로 계산했을 때는 지금 살고 있는 집의 보증금을 깜빡하기도 했고, 생각해보니 매매가도 5백만 원이나 깎았다. 꼼꼼히 계산해보니 알겠다. 잘하면 대출 안 받아도 되겠는데? 내가 가진 예산으로 빠듯하지만 할 수 있을 거 같은데?

  '생애최초주택' 구입 시 받을 수 있는 대출은 조건이 좋은 편이니 일생에 딱 한 번뿐인 기회를 이용해 대출을 많이 받으라고들 했다. 대출도 자산이라고, 갚고 벌고 하면서 자산을 늘려간다고 하는데 어후, 나는 못하겠다. 대출받아서 하고 싶은 것도 없다. 주식이나 부동산 투자요? 수입과 지출이 어떻게 달라질지 전혀 예측하지 못하면서 대출을 받을 순 없다. 나는 그런 사람이다. 돈 문제에 관해서는 내가 감당할 수 없는 일은 벌이지 않는다. 갚을 능력이 없으니 빌리지 않는다. 그렇게 고지식하게 그냥 아끼고 모으기만 해서 지금까지 왔다. 이런 게 나라면, 앞으로도 이렇게 살아야지 뭐. 대출 말고도 계약, 이사, 도배 등등 결정하고 고민할 일이 한두 가지가 아니어서 판단 에너지 용량 초과다.

집 구하고 결정하는 데도 이미 너무 많은 에너지를 썼고 여전히 긴장 상태인데 여기서 더 나를 힘들게 하고 싶지 않다. 언제나 그랬던 것처럼 천천히 차근차근, 할 수 있는 걸 할 수 있는 만큼 하고 싶다. 내 속도로 내 스타일대로. 대출의 산은 넘지 않는 걸로. 대출, 안녕!

와, 역시 이 부분에서야말로
공부가 필요하겠다.

진짜 용기

가족의 도움을 받는 게 부끄럽지 않니?

■ **준비물**

+ 믿음과 사랑
+ 끈기

은행 대출은 받지 않기로 했지만 결국 가족의 도움을 받았다. 대출금을 갚을 자신이 없으니 깜냥에 맞는 규모로 만족하고, 뭐든 내가 감당할 수 있는 범위 안에서 움직이겠다는 결정이었다. 처음에는 가족들에게 절대 신세 지지 말자고 생각했다. 그렇지 않아도 못 미더운 막내인데 빚을 갚아야 할 의무가 생기는 채무자나 무상 증여의 수증자가 되고 싶지는 않았다. 가족끼리 사랑해라, 형제자매끼리 돕고 살아라, 부모에게 효도해라, 같은 말들도 달갑지 않았다. 화목한 가정이라는 신화를 지키기 위해 누군가는 보이지 않는 돌봄 노동을 하고 자신을 희생한다. 나는 지독한 가족주의를 공고히 하는 공모자가 되지 않겠다며 가족을 외면해왔다. (어쩜 이렇게 중간이 없니. 너무 극단적이야.)

어린애처럼 애정과 인정을 갈구하지 않으리라. 보란 듯이 잘 살아서 가족들에게 내가 옳다는 걸 증명하고 싶었다. 관심과 사랑이 그리워 외로운 순간에도 당연한 듯 손 내밀지 않겠다 결심하기도 했다. 인생은 원래 외롭고 고통스러운 거야. 나약하게 굴지 말고 이겨내! 마음 깊은 곳에서 나를 다그치는 목소리가 들려왔다. 가족들에게 약함을 보이는 순간 틀렸다고 꾸지람을 들을 것 같았다. 그러니까 내가 뭐랬어. 너 그렇게 될 줄 알았어. 혼자만 잘난 줄 알았니? 그런 말을 들을까 봐 지레 겁을 먹었다.

'남들처럼 살지 않아도 행복할 수 있어', '나는 나름 대로 성공한 삶을 살고 있어', '누가 뭐라 해도 난 행복해!'

자신 있게 말할 수 있으면 좋으련만 삶은 자주 괴로웠다. 그 사실을 들키지 않으려고 자꾸 숨었다. 숨어든 곳이라고 편안했을까. 내가 한다고 했으니 원망할 사람도, 뒷감당을 대신해줄 사람도 없었다. 뾰족한 수가 없으니 하던 대로 그냥 했다. 하루하루 성실하게 일해서 나를 먹여 살리고, 가끔은 좋은 데도 데려가고, 친구들을 찾아가 하소연을 하고, 나를 달래고 보듬고 칭찬하면서 나를 다그치지 않고 그대로 봐주는 연습도 계속했다. 행복해지고 말겠노라 악착같이 손에 잡히는 것들을 붙들고 쓰러지는 몸을 일으켜 세웠다. 운동도 꾸준히 하고 잘 먹고 잘 쉬었다. 그러다 보니 하루하루의 변화는 알아채지 못해도 어느 날 문득 달라진 나를 발견하기도 했다.

다행히 고통의 한복판에서도 나는 계속 발버둥치며 무언가를 계속했고 상담을 시작한 지 3~4년쯤 됐을 때는 그러려니 하는 마음으로 세상을 보기 시작했다. 어쩔 수 없다고 자포자기하는 심정과는 다르다. 무엇 하나 마음에 들지 않고 인생이 늘 고통스럽다고 느끼는 까닭은 사실 뭔지도 모르는 완벽하고 이상적인 상태의 무엇, 파랑새라든가 이상향이라든가 유니콘에 나를 비교했기 때문이다. 화목하고 행복한 가정, 척하면 척 마음을 알아주는 친밀한 관계, 정의로운 사회, 아름다운 자연, 보람찬 하루…. 성실하게 현실에 발 딛고 살면서도 내 삶을 인정조차 하지 않으니 몸도 마음도 지치고 힘든 것이다. 가족들을 미워했다가 그리워했다가 마음을 열고 이해하고 받아들이려 했다가 다시 상처를 주고받고 멀어졌다가를 반복하면서 점차 그러려니 받아들이게 됐다. 친구나 고양이를 아끼고 사랑하는 것처럼 가족을 사랑하지 않을 이유가 없었다. 전혀 모르는 사람에게도 친절하게 굴고 그들이 베푸는 호의를 받아들이면서 가족들과 주고받는 마음에만 정색할 이유가 없다.

긴 상담 기간 동안, 여러 가지를 연습했다. 원하는 대로 주지 않는 사랑을 의무감으로 받지 않기, 사랑 자체를 부정하거나 관계를 단절시키고 외로워하는 극단적인 선택보다 관계를 재설정하려는 마음 먹기, 조금씩이라도 느끼고 원하는 것들을 이야기하기, 조급하게 큰 변화를 기대하지 않기 등. 마음이 편해지는가 싶다가도 다시 나빠지고 이해할 만하다가도 상처를 받았지만, 상담 선생님의 응원을 받으며 노력했다. 가족에게 사랑받고 사랑하는 연습, 있는 그대로의 세상을 이해하는 연습, 나를 인정하는 연습.

가족의 도움을 받는 게 부끄럽지 않냐는 질문에 내 답은 '그렇지 않다'다. 우스갯소리로 내가 결혼할 때 주려고 한 게 있으면 미리 달라고 말은 했지만, 막내로서 가족의 도움을 당연하게 여겨서 부끄럽지 않다는 건 아니다. 남들이 하는 말은 오히려 조금 거부감이 들었다. '다른 집들도 다 그렇게 해', '부모한테 도와달라고 하는 게 뭐가 부끄럽니, 원래 부모는 그런 거야.' 전부 그래도 된다는 말뿐이다. 마음이 편치 않다. '그래도 된다'로는 안 된다. '그러고 싶다'는 마음이 들어야 했다.

타인의 도움을 받는 데 내가 인색한 사람이었던가. 아니다. 나는 모르는 사람이 베푸는 호의에 기꺼이 감동하며 크고 작은 친절이 세상을 아름답게 만든다고 믿는다. 나도 그런 사람이 되고 싶다. 아는 사람이 베푸는 호의에는 적극적으로 반응한다. 밥을 사준다고 하면 먹고 싶은 메뉴를 정해가서 고민하는 시간을 줄이고 진심을 다해 맛있게 먹는다. 필요한 물건을 물려받거나 도움을 받는 데도 거리낌이 없다. 약함을 드러내고 도움을 요청하는 일은 때로 큰 용기가 필요하지만 그럴 만한 사이에서는 그렇게 했다. 내게 오는 사랑을 하나도 빠짐없이 받아서 가득 채우고 씩씩하고 행복하게 살았다. 그렇게 사랑을 나누고 청하는 일을 반복했다.

가족의 도움을 받는 게 부끄럽지 않냐는 질문은 다시 한 번, 가족의 사랑을 계속 밀어내기만 할 거냐는 질문으로 바꿔본다. 은행 대출은 갚을 자신이 없지만 사랑은 다르다. 얼마 전 우리집 고양이 '가지'가 아파 병원에 갔더니 수술비와 입원비가 백만 원이 넘었다. 식당에서 일반 정식보다 몇천 원 비싼 특정식을 시킬까 말까 고민하는 내가 주저 없이 병원비를 감당하겠다고 답한 것과 같은 사랑이 가족들에게 있다는 걸 안다. 그 사랑이 나에게도 있다. 가족의 도움은 내게 주는 사랑, 내가 기꺼이 그 마음을 받는 것역시 내 몫의 사랑이다. 부끄러움이 끼어들 자리는 없다. 기꺼이 받고 싶어졌다. 전에 그랬듯이 사랑을 되갚고 주고받고 나누고 청하며 반복할 것이다. 여러 가지 방식으로.

은행 대출은 갚을 자신이 없지만 사랑은 다르다.

철저한 예습과 연습

계약서 쓰는 날 혼자 가도 될까?

■ **준비물**

+ 등기부등본

+ 매매계약서 샘플 확인

계약일이 정해졌다. 그 집을 사기로 결심한 순간부터 가계약금을 보낼 때까지 잠도 못 잘 정도로 긴장했는데, 계약서 쓰는 날을 잡고 나서도 걱정과 설렘, 흥분이 가라앉지 않는다. 당분간 내내 그럴 것 같다. 요즘은 잠이 안 올 정도는 아니고 아침에 일찍 깬다. 6시 정도.

계약하러 갈 때 뭘 준비해야 하지? 모를 땐 검색이다. 친절한 인터넷 선생님들이 어쩜 그렇게 자세히도 잘 설명해두었는지, 어쩌자고 불특정 다수에게 그렇게나 친절한지 궁금하다. 광고 수익 때문만이라기에는 뭔가 더 있단 말이지. 타인에게 도움을 주고 싶은 마음이든, 자랑하고 싶은 마음이든, 기록하고 싶은 마음이든 전부 고맙게 받아든다.

인터넷 선생님들의 말로는 집을 살 땐 최소한의 안전장치로 몇 가지를 확인해봐야 한다. 체리 아파트를 사기로 한 날 바로 등기부등본을 열람하여 담보 설정 여부를 확인하긴 했으나, 계약하기 직전이나 중도금(계약금과 잔금 사이에 일부 치르는 돈) 기일 직전에도 '가압류'나 '근저당'이 설정될 수 있기 때문에 계약하는 당일에 다시 확인을 해보는 게 좋다고 한다. (다시 한번 복습! 근저당권은 채무자가 집을 담보로 대출을 받아놓고 갚지 않을 때 채권자에게 집에 대한 권리가 생긴다는 뜻이다.)

집을 사는 매수인은 신분증과 도장, 계약금만 준비하면 된다. (계약은 특별히 더 준비할 것 없이 간단하네?) 도장도 굳이 인감도장일 필요는 없다. 그래도 나는 내가 가진 것 중

가장 그럴듯해 보이는 도장을 챙겼다. 지원 사업을 신청할 때나 은행에서 계좌를 개설할 때는 내가 직접 판 도장을 쓰곤 했는데, 왠지 집 계약서에는 제대로 된 도장을 찍고 싶었다.

여전히 어리바리 모르는 것투성인데 이 상태로 계약서에 도장을 찍으러 가도 되는 건가. 같이 갈 사람도 없는데 이렇게 큰일을 나 혼자 처리해도 되는 건가. 누구한테라도 같이 가자고 해볼까. 떠오르는 사람이… 있는데 없다. 같이 가면 든든할 것 같은 친구가 몇 떠오르지만 갈 수 있는 상황인지 아닌지도 모르겠고 굳이 같이 가자고 할 만큼 친구들에게도 중요한 일인지 마음이 왔다갔다한다.

매매 경험이 있는 완주 친구 '고등어'는 부동산에서 알아서 다 해주니 걱정하지 말라고 한다. 그래도 미리미리 챙겨서 나쁠 건 없으니 매매계약서가 어떻게 생겼는지 인터넷에서 찾아봤다. 역시 중개사님이 다 알아서 해줄 테지만 건축대장과 토지대장도 발급받아서 훑어봤다. 나는 아파트를 매매하는 거라 단독주택이나 토지를 매매할 때만큼 꼼꼼히 살펴볼 필요는 없지만, 소유권 이전 등기 신청에 필요한 서류라 미리 확인해본다는 차원에서 살펴봤다.

어떤 내용이 적혀 있는지도 궁금하고, 관련 용어에도 익숙해지고 싶었다. 뭘 쓰는지, 어디다 쓰는지, 무슨 일이 일어나고 있는지는 알고 있어야지. (물론 봐도 무슨 말인지 잘 이해는 가지 않았다.) 계약서는 중요하니까 더 꼼꼼히 살펴보고 싶었는데 핵심은 간단했다. 거래하고자 하는 부동산의 주소, 매매 금액, 잔금일 날짜 확정. 토지와 건물에 관한 사항은 등기부등본에 나와 있는 대로라. 내가 사려는 아파트는 집주인의 소유권 외의 권리에 관한 기타 사항은 전혀 없었다. 나도 대출을 끼지 않고 현금으로 사는 거라 소유권 이전 등기도 어려울 것 없어 보인다. 법무사를 통하지 않고 직접 해볼 생각이다.

드디어 내일이다. 혼자 가도 정말 괜찮을지 마지막 순간까지 고민했다. 처음에 그 집을 볼 때 사진과 영상을 찍긴 찍었지만, 집 상태를 꼼꼼히 살핀 건 아니었으니, 이번에 가서 제대로 보고 오라는 친구의 당부가 있었다. 그 친구는 혼자 이사도 여러 번 해보고 대출받아 가족이 함께 살 집을 샀고, 직장 때문에 혼자 살 집도 또 전세로 얻어본, 나보다 훨씬 전문가다. 이삿날에도 정신을 똑바로 차리지 않으면 귀중품을 잃어버리거나 미리 짐을 실어놓는 식으로 트럭의 규모를 속여서 비용을 부풀리는 사기를 당할 수도 있다고 했다.

친구는 그 밖에도 경험을 통해 알고 있는 집 구하기, 계약하기, 이사하기에 관한 여러 노하우를 전수해주었다. 변기와 세면대 물을 동시에 틀어봐야 수압 체크를 제대로 할 수 있다, 매매 계약서에 전 집주인의 짐이 빠진 뒤에 드러나는 손상에 대해서 비용을 청구하는 특약을 넣어야 한다, 이사 전에 사진을 미리 찍어놓고 이사 직후에 비교해야 한다 등 몰랐던 이야기들도 들려주었다. 엄청난 노하우들이었지만, 만약에라도 내가 들어간 다음에 이상한 걸 발견하면? 매도인에게 책임지고 수리를 해놓고 나가란 약속을 받을 수 있으려나? 아서라, 내가 고쳐야지. 내가 이렇다.

대신 내 수준에서 상식적인 판단을 하기로 했다. 집의 상태가 나쁘지 않아 보였고 10년이면 나름 준 신축인데 수압이 낮거나 배수처리 문제가 특별히 이 집에만 있을 리는 없다. 전체적으로 다 비슷한 수준이리라. 창밖 풍경과 채광은 중요하게 생각하는 편이라 전망이 괜찮은지 여러 번 살폈던 기억이 있다. 그러면 된 거잖아. 내 마음에 들면 되잖아.

내일 가서는 방 크기를 재볼 것이다. 지금 완주 집 현관에 놓인 중문은 별도의 문틀을 짜서 탈착이 쉽게 만들어졌는데, 그걸 가져가서 설치할 수 있는지 가늠해볼 계획이다. 새로 이사 간 집에도 당연히 중문이든 안전문이든 설치해야 한다. 우리집의 주인은 고양이 '가지'니까. 저 중문이 새집에도 딱 맞을지 어서 가서 확인해보고 싶다. 이사 갈 집의 평면도가 있나 인터넷을 샅샅이 찾아봤지만 치수가 적힌 도면은 없다. 내가 실측은 잘하려나, 나를 믿을 수 없는데 그것만 좀 도와줄 친구라도 부를까? 아니야. 혼자 씩씩하게 해보고 싶어. 그래, 해보자!

혼자 씩씩하게 해보고 싶어.
그래, 해보자!

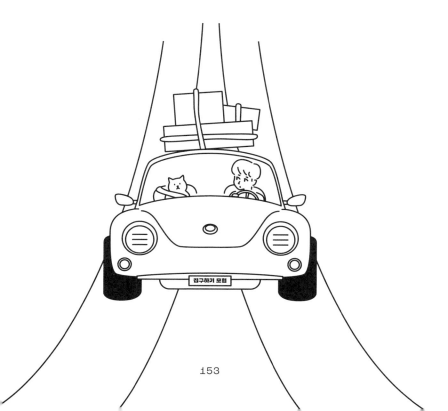

첫 번째 고비

드디어, 계약합니다!

■ **준비물**

+ 신분증, 도장
+ 이체 한도 확인

계약을 앞두고 딱히 더 할 공부가 없어서 다른 할 일을 당겨서 했다. 이사 들어가기 전에 새로 해야 할 도배와 장판의 업체도 찾아보고, 이사 견적도 뽑아보고, 비교해서 이삿짐센터도 정하고, 입주 청소도 알아보는 일 말이다. 활동이 활발한 대전·세종 지역 온라인 커뮤니티가 몇 곳 있어서 추천 글을 읽고 업무 스타일을 비교해가면서 업체를 추렸다.

계약서 쓰는 날, 잔금도 치르고 그 집에 살고 있는 사람이 이사 나가는 날도 확정된다. 그 날짜를 기준으로 내 이삿날을 정할 거니까 업체에 직접 연락해보는 것은 계약 이후의 할 일로 미뤄두었다. 그러고 났더니 정말 계약하기 직전까지는 불안해하는 것밖에 할 일이 없었다.

너무 초조한데 어떡하지? 그럴 땐 예습이지! 잔금 치르는 날 할 일을 미리 시뮬레이션해본다. 소유권 이전 등기에 들어가야 할 돈도 꼼꼼히 챙겨본다. 친구가 '셀프등기' 할 생각 있냐고 물었을 땐 당연히 법무사를 통해서 하려고 했다. 셀프등기란 대리인을 통하지 않고 직접 소유권 이전 등기를 신청하는 것을 뜻하는데, 이렇게 하면 번거롭지만 등기 비용을 아낄 수 있다. 내가 어떻게 그걸 직접 해? 매도인도 민감한 개인 정보를 듣도 보도 못한 나에게 주기보다는 공신력 있는 대리인에게 주는 걸 더 좋아하지 않을까.

글을 쓰다 보면 거리를 두고 볼 수 있어 그런지 내가

주로 생각하고 행동하는 패턴을 새삼스레 발견하게 된다. 예를 들면 이런 거다. '내가 할 수 있나'와 '하고 싶나'를 생각하기도 전에 '상대가 싫어할 거야', '남들이 이상하게 볼 거야'가 먼저 떠오른다. 등기를 직접 해보고 싶으면서도 중개인이나 매도인이 그 어려운 걸 감히 하려 드냐고 생각하거나 그런 뉘앙스의 말을 할까 봐 겁이 났다. 또 가족들도 그거 얼마 아끼려고 그러냐며 안 좋게 말할 것 같아 해보기도 전에, 하겠다고 말도 꺼내기 전에, 하고 싶다는 생각을 하기도 전에 접어버린다. 그런데 예습을 하며 관련 정보들을 찾아보니 생각보다 셀프등기를 한 사람들의 후기가 많았다.

인터넷에 방법도 자세히 설명되어 있어서 읽으면 읽을수록 나도 할 수 있을 것 같았다. 물론 제일 먼저 검색되는 뉴스는 '20만 원 아끼려다가 아파트 잃는다'는 내용이었지만… 좋아! 내가 해보고 싶으니까, 할 수 있을 것 같으니까, 하겠어. 대행 수수료 아낀 돈으로 책상도 사고 이불도 살 테야. 인터넷으로 미리 신청할 수 있는 게 많으니 서류 잘 떼서 당일 등기소에 접수만 하면 된다. 꽤나 번거롭긴 하겠지만 할 만해 보였다. 나는 직접 해보는 걸 좋아하는 '셀프주의자'잖아. 서류 작성과 행정 업무처리는 그 다니기 싫은 회사들 다니면서 질리게 해봤다. 좋아, 별거 아냐!

계약일 아침, 중요한 날이니까 오늘도 단골 콩나물국밥집에 가서 용기와 자신감 충전하고 출발이다. 임장 때처럼 여기저기 다니지 않아도 되니 오늘은 내 차를 가져가지 않고 기차를 타고 간다. 대전에 도착해 시내버스를 타고 체리 아파트 근처 정류장에 내렸다. 내 집이 될 아파트 단지를 지나쳐 천천히 걸었다. 약속 시간 10분 전에 체리 부동산에 도착했더니 매도인이 먼저 와서 기다리고 있었고 자연스럽게 계약이 진행되었다. 정기총회처럼 이제부터 계약을 시작한다! 선언하는 게 아니라, 들어서자마자 인사하고 어어어 하면서 달라는 대로 신분증 건네고 테이블에 앉아 도장을 꺼냈다. 매수인, 매도인, 공인중개사 라벨이 붙은 도장꽂이가 인상적이었다.

계약서에 도장 찍고 휴대전화로 계약금 이체하고 나니 순식간에 끝이 났다. 한 장짜리 '부동산 매매계약서'와 '시설중개대상물 확인 설명서', '공제증서'를 받았다. '시설중개대상물 확인 설명서'는 계약서의 첨부 문서로, 쇼핑몰의 제품 상세보기처럼 매물의 자세한 내용이 기재되어 있다. 등기부 기재사항, 토지에 관한 이용 계획 및 거래 규제 관련 사항, 입지 조건 안내, 시설물의 상태, 중개비 등을 포함한다. '공제증서'는 체리 부동산 중개사님이 한국공인중개사협회에 가입되어 있다는 보증보험 증서라고 보면 된다.

몇 날 며칠 긴장했는데 당일에는 의외로 무덤덤했다. 매도인도 점잖고 등기부등본의 을구(소유권 이외의 권리에 관한 사항)에 근저당이나 다른 내용이 전혀 없어 계약도 순조로웠다. 할 말만 딱 하는 중개사님의 스타일도 편했다. 매도인이야 빨리 집을 파는 게 목적이니 말이 많을 이유가 없었겠지. 나는 뭘 묻거나 확인해야 하는지 모르니까 조용했을 테고. "윗집은 어떤가요, 시끄럽진 않은가요?" 겨우 한마디 물었다. 가끔 가구를 옮기는 모양인지 3~4시에 좀 시끄러운 적이 있었지만 괜찮다고 한다. 욕조는 마감이 떨어진 부분이 있어서 실리콘으로 붙여놓았다고 한다. 그랬나요? 기억 안 나는데 괜찮겠죠. 제가 알아서 할게요!

집을 실측하고 싶다 양해를 구한 뒤 중개사님과 함께 매도인의 집으로 향했다. 나는 며칠 전에 계약하는 날 실측도 함께 하고 싶으니 미리 매도인에게 양해를 구해달라고 중개사님에게 문자로 여쭤두었다. 매도인에게 다른 일정이 있을지도 모르고 남에게 집을 또 보여줘야 하는 상황이니 미리 양해를 구하고 싶었다. 이렇게 경우의 수를 수십 가지 생각해도 막상 현장에서는 순간적인 판단을 내려야 할 때가 많다. 그걸 알지만 나는 바로바로 닥치는 대로 하는 인간은 절대 못 된다. 잔금 치르기 전에 은행이 망하면 어쩌나 걱정했을 정도인데 오죽하겠어. 언제나 내가 필요하다고 생각하는 수준의 준비는 해두고 싶다.

너무 초조한데 어떡하지?
그럴 땐 예습이지!

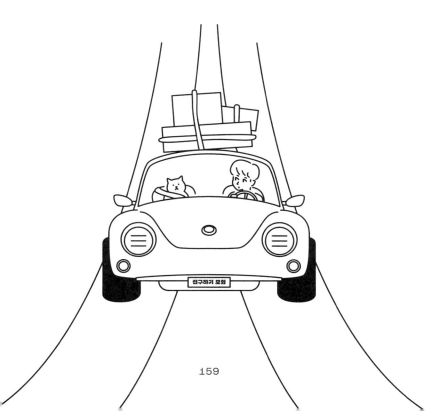

모험력 무한 상승

이걸 내가 직접 하는 게 맞나?

■ 준비물

+ 실측을 위한 줄자와 필기도구
+ 자금조달계획서 작성을 위한
  잔액증명서

잔금일에도 집을 사는 사람은 돈과 도장만 준비하면 되지만 집을 파는 사람은 등기권리증, 소위 말하는 집문서를 집 열쇠와 같이 넘겨야 한다. 이때다! 소유권 이전 등기 신청서는 제가 뽑아서 오겠으니 인감도장만 찍어주십사 말씀드렸다. 중개사님이 저희가 아는 법무사를 연결해드릴까요, 하고 물었다. 이에 대한 대답을 어떻게 할지 얼마나 많은 날을 고민했던가. '제가 직접 해보려고요.' 이 말을 할 용기가 잘 나지 않으면 아는 법무사가 있다고 하든가. 급기야 연예인처럼 '제 변호사랑 상의할게요'라고 말할까도 생각했다. 친구 '오리'가 웃으며 그냥 '가족 중에 전문가가 있습니다' 정도로 대답하라고 했다. 지체하지 않고 대답해야 해. "아는 분과 상의해서 직접 해보려고 합니다." 앞서 걷던 매도인이 뒤돌아 말했다. 직접 할만하죠. 대출도 안 받으시면 간단할 거예요. 체리 중개사님도 구청이랑 왔다갔다하는 게 번거로워서 그렇지, 아주 어렵진 않을 거라고 했다. 다행이다. 사람들은 남의 일에 큰 관심이 없는 게 맞다.

매도인이 등기를 직접 할 수 있을 거라고 말해주니 친밀감이 급상승한 걸까. 지난번에 집을 보러 갔을 때 수납장에 공구가 많았던 게 생각나 말을 걸었다. "공구가 많던데 작업을 직접 하시나 봐요." "간단한 건 직접 합니다. 세면대 배수구 팝업도 자동으로 최근에 갈았고 방충망도 제가 직접 수선해서 뜯어지거나 구멍이 난 데는 없을 겁니다." "네, 저도 작업을 직접 하는 편이라 공구 보고 반가웠어요." 즐겁게 이야기하며 집에 도착했다.

준비한 줄자와 태블릿PC를 꺼냈다. 태블릿PC에는 전날 밤 인터넷에서 찾은 도면 이미지를 저장해왔다. 민망하지만 현관 너비를 재고, 온 김에 양해를 구해 방의 크기도 쟀다. 중개사님과 매도인이 번갈아 가며 잡아드릴까요? 하고 물었지만 괜찮다고 답하고 발로 줄자를 밟아가며 천천히 움직였다. 허둥거리지 말자, 차분하게만 하면 된다, 잘하고 있다, 속으로 혼잣말을 하면서.

오는 길에 나눈 대화 때문이려나, 매도인이 "전문가시네, 인테리어 같은 거 하시나 보다"라고 말했다. "아, 아닙니다. 취미로 이것저것 만듭니다. 민망하지만 온 김에 좀 자세히 재겠습니다." 체리 중개사님도 "뭐가 민망해요, 부럽고 멋있는데요"라며 이곳저곳 더 재보자고 권유했다. 그리고 나중에 본인에게도 보내달라고 하신다. 그렇죠, 중개사님도 치수를 정확히 알면 중개할 때 편하실 테죠. 인터넷의 친절한 귀인들이 이런 마음이었을까. 내가 정확히 치수를 측정해놓고 중개사님이나 다음에 이 아파트의 집을 보러온 다른 사람들에게 도움을 주고 싶다고 생각했다.

계약서를 쓸 때 욕조 마감이 떨어진 부분이 있어서 매도인이 실리콘으로 붙여놓았다고 한 게 기억났다. 어떻게 생겼나 들어가 확인했지만 특별히 이상한 부분은 보이지 않았다. "도대체 어디가요?" 하고 물었더니 욕조 바닥을 보란다. 아니 뭐가 이상한 거죠? 하하, 이런 제가 인테리어 업자라뇨.

혼자 와서 직접 실측하길 잘한 것 같다. 같이 갈 사람, 도와주거나 대신해줄 사람을 떠올렸던 건 사실이다. 그럼에도 오늘 혼자 오기로 한 건, 혼자 힘으로 해보고 싶다는 생각이 커서였다. 어려운 일이지만 직접 해보고 싶어. 많은 일에 이런 마음으로 도전하고 실패하고 성공하며 경험을 쌓아왔다. 할 수 있는 일과 없는 일, 하고 싶은 일과 하기 싫은 일을 뚜렷하진 않더라도 구분하면서 재미와 보람, 좌절과 실망을 느끼는 게 좋다. 나보다 잘하는 사람에게 도움을 청하고 싶었지만 나만큼 진심인 사람이 사실 어디 있을까. 비용을 들여서 전문가를 섭외할 게 아닌 이상, 어느 순간엔 내가 직접 선택하고 판단해야 할 때가 온다. 남에게 미루거나 도움을 요청해도 언젠가는 완전히 내 일이라고 받아들이고 전체를 장악해야 하는 순간이 올 거다. 그럴 거라면 지금부터 작은 경험을 쌓고 두려움을 줄이면서 일을 대하는 마음의 크기를 키우자. 해봐야 알게 되고, 또 자꾸 해봐야 더 할 수 있으니까.

실측을 마치고 부동산으로 돌아와 자금조달계획서 작성에 관한 안내를 전해 들었다. (자금조달계획서는 부동산거래신고의 절차 중 하나로, 내 자금의 출처를 정확히 밝히기 위해 작성한다.) 체리 부동산 중개사님도 계약이 끝나서인지, 아니면 내 행동이 인상적이었는지, 전과 달리 사적인 질문을 조금 건넨다. 나는 또 무슨 바람이 불었는지 "저는 작가랍니다"라는 말을 이번에도 하고 말았네? 직접 해보는 걸 좋아해서 집수리에 관한 책을 썼다고 했더니 중개사님이 먼저 "등기도 직접 해보시고 책으로 쓰면 좋겠네요" 한다.

언제부턴가 "저는 작가입니다"라는 말을 스스럼없이 하게 되었다. 강연에서 독자를 만나거나 출판 관계자들이 작가님, 하고 부르면 민망해서 어쩔 줄 몰라 하는 편인데, 오히려 이렇게 독자가 아닌 사람들을 만날 때는 작가라는 정체성을 드러내고 싶어진다. 작가도 집을 구할 줄 안다. 작가도 집을 고친다. 작가도 셀프등기를 한다. 작가도 멀쩡하게 사람 구실을 한다는 걸 은연중에 말하고 싶은 건가 보다.

실제로는 작가님, 작가님 대우해주는 말을 훨씬 더 많이 들었으면 들었지, 차별이나 무시, 부당한 대우를 받은 적은 없었는데도 이상하게 그렇다. 내가 나를 의심해서 그렇겠지 뭐. 이런 내가 한심해서 속상한데, 조금이라도 덜 그러고 싶어서 연습하고 알아차리고 있으니 나아지고 있다고 셀프 칭찬 한번 해주고 간다. 이렇게 쭈글쭈글한 마음도 점차 펴지겠거니, 남들의 평가나 시선에 개의치 않고 나를 믿어주는 내가 되어가겠거니 하고 기다리며 다시 한번 말해본다. 작가도 집을 산다.

**지금부터 작은 경험을 쌓고
두려움을 줄이면서
일을 대하는 마음의 크기를 키우자.
해봐야 알게 되고,
또 자꾸 해봐야 더 할 수 있으니까.**

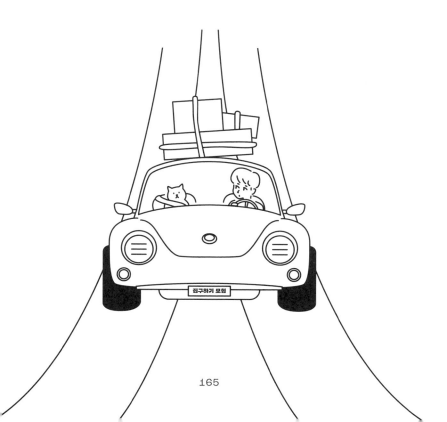

알아두면 좋은 #4

대출 용어

■ 대출

돈이나 물건 따위를 빌려주거나 빌림. 주로 은행이 조달한 자금을 필요한 자에게 직접 공급할 때 사용한다. '자금을 융통한다'는 뜻의 '융자'는 더 넓은 개념이지만, 집을 담보로 대출을 받는 것과 같은 의미로 사용한다. 얼마만큼 빌릴지(대출 한도), 이자는 얼마나 낼지(대출 금리), 어떻게 갚을지(대출 상환 방식), 얼마 동안 빌릴지(대출 기간) 조건이 정해진다.

■ 대출 금리

빌린 돈에 붙는 이자 비율. 가입기간 동안 이자율이 변하지 않는 '고정금리'와 대출 기간 동안 6개월~1년 주기로 기준금리 변동에 맞춰 바뀌는 '변동금리'가 있다. 보통 첫 5년 동안은 고정금리로 대출 실행 시점의 금리가 적용되고, 그 이후부터 이자율이 변하는 변동금리가 적용된다. 통상적으로 변동금리가 고정금리보다 이자율이 낮은 편이다. 이자를 아끼기 위해 당장 금리가 낮은 변동금리 대출을 택하면 앞으로 이자율이 더 오를지도 모른다는 위험 부담을 안아야 한다.

■ 방법에 따른 대출 종류

+ 신용대출　　　　빌려간 돈을 갚을 것이라는 믿음, 즉 신용을 조건으로 담보나 보증인 없이 돈을 빌려주는 것. 일반적으로 직업, 소득, 금융거래 실적에 따라 신용을 평가한다. 소득 정도, 직업의 안정성을 기반으로 대출 한도나 금리가 정해진다. 소득이 높고 안정적인 사람에게 더 많은 금액을 더 낮은 금리로 빌려주는 편이다.

+ 담보대출　　　　부동산이나 만기가 되지 않은 예적금 등을 담보로 돈을 빌리는 것. 대출 한도는 담보가치의 70~80퍼센트 수준이다. 돈을 갚지 않을 때 담보를 압류할 수 있기 때문에 신용대출에 비해 금리가 낮다.

+ 개인대출　　　　친구나 가족, 지인들에게 빌리는 것. 신용 제한으로 금융권에서 대출을 받지 못하면 대부업체나 사채를 쓰는 것도 일종의 개인대출이라고 할 수 있지만, 사채는 쓰지 맙시다. 부모와 조부모 등 직계존속으로부터 증여를 받는 경우 5천만 원까지, 형제자매와 같은 기타 친족은 1천만 원까지 비과세다.

+ 마이너스통장　　　대출 한도 내에서 대출자가 원할 때 자유롭게 대출하고 상환하는 방식. 대출금 한도를 정할 때마다 대출심사를 받는다.

■ 주택담보대출의 한도 기준을 알아보자

주택담보대출의 기준은 채무자의 상환능력과 주택의 가격이다. 아래 세 항목은 대출을 받을 때 한도를 나타내는 비율이다.

+ 주택담보대출비율 LTV (Loan to Value Ratio)

집값의 몇 퍼센트까지 대출받을 수 있는지를 나타내는 지표. 1억 원짜리 집을 살 때 LTV가 50퍼센트라면 대출 한도는 5천만 원이다. 부동산의 소재지나 종류에 따라 비율이 달라진다.

+ 총부채 상환비율 DTI (Debt To Income)

1년간 상환해야 할 주택담보대출의 원리금(원금+이자)+기타 대출의 이자 상환액을 연소득으로 나눈 비율. 빌리는 사람의 소득에 따라 대출 한도가 정해진다. 예컨대 계산하기 쉽게 다른 대출이 없다고 치고 연소득이 4천만 원일 때 DTI가 50퍼센트라면 2천만 원까지 빌릴 수 있다. 연봉이 높으면 대출 한도가 올라간다.

+ 총부채 원리금 상환능력비율 DSR (Debt Service Ratio)

총부채 상환비율(DTI)보다 강력한 대출 규제로서, 주택담보대출뿐 아니라 신용대출, 학자금대출, 자동차 할부, 카드론 등 모든 대출의 원리금이 연소득의 일정 비율을 넘지 못한다.연소득이 4천만 원일 때 DSR 40퍼센트가 적용되면 해마다 부담하는 모든 원리금이 1천 6백만 원을 넘지 않는 선에서만 돈을 빌릴 수 있다.

■ 대출 상환 방식을 알아보자

+ 원리금 균등분할
대출 원금과 이자를 더한 금액을 만기일까지 균등하게 상환하는 방식. 매월 갚아야 할 상환액이 일정하다. 처음부터 원금을 더 많이 갚아나가는 원금균등분할 방식보다 결과적으로 총 이자비용은 높지만. 고정비용으로 지출 관리가 편하다. 인터넷 대출이자 계산기로 매월 상환할 금액을 확인할 수 있다.

+ 원금 균등분할
대출 원금을 대출 기간에 균등하게 나눠서 갚고 이자는 매회 남아있는 대출 원금 잔액에만 적용하는 방식. 만기에 가까울수록 이자가 줄어 상환액이 줄어든다. 원리금 균등분할 방식보다 초기 상환 부담액이 크고 매월 상환해야 할 금액이 달라져 헷갈릴 수 있다.

+ 만기일시상환　　만기일까지는 이자만 내고 만기 때 남은 이자와 대출 원금 전액을 한 번에 갚는 방식. 초기 부담이 적고 향후 재정상황이 좋아질 것으로 예상될 때 이용한다.

+ 거치식　　　　　거치 기간을 설정해 거치 기간은 이자만 내고 거치 기간이 끝나고 나면 원리금 균등 또는 원금 균등으로 상환하는 방식.

알아두면 좋은 #5

등기부등본과 계약 준비물,

부동산거래계약신고필증

■ 등기부등본을 확인하자

'등기부등본'이란 부동산 등의 소유나 권리 관계를 적어두는 공적 장부인 '등기부'의 '등본'이다. '주민등록표등본'이 주민등록표의 내용이 포함된 서류를 지칭하듯, 등기부등본은 등기부에 올라간 내용이 담긴 서류를 뜻한다. 등기부등본에는 일부와 전부 증명서가 있다. 권리사항을 확인할 때는 '등기사항 전부증명서'를 발급받으면 된다. 부동산 소유에 관한 지금까지의 이력, 소유권 외 현재의 권리 관계가 나와 있다. 주택은 토지와 건물의 등기부등본을 별도로 발급받아 확인해야 하고, 아파트나 오피스텔은 집합건물용 등기부등본에서 주택과 토지에 관한 사항을 모두 확인할 수 있다.

등기부등본은 표제부, 갑구, 을구로 구성된다. '표제부'에는 해당 부동산의 지번, 지목(토지의 용도), 구조, 면적 등 현황이 표기되어 있다. '갑구'는 소유권 이력, '을구'는 소유권 외의 권리 사항이 기재되어 있는 곳이다. 우선 표제부와 갑구에서 서류상의 소유자가 내가 사려고 하는 집의 매도인이랑 동일한지 살펴보자. 가등기, 가처분, 가압류, 압류, 경매 등 법적 다툼 중이지는 않은지도 확인한다. 을구에서는 해당 부동산을 담보로 돈을 빌린 근저당이 설정되어 채권최고액과 근저당권자(돈을 빌려준 곳) 등이 있는지 확인한다. 계약 직전에도 근저당이 설정될 수 있으니 끝까지 긴장을 놓지 말아야 한다. 내 계약서에는 특약 사항으로 '계약일 현재 융자 없는 상태로 매도인은 잔금일까지 채무를 부담하는 등의 새로운 권리 변동을 일으키지 않도록 한다'는 내용이 추가되어 있었다. 근저당권이 설정되어 있다면 말소를 조건으로 매수하기도 하고, 근저당권을 감안하여 대출액을 안고 매수하기도 한다. 1억짜리 집에 5천만 원짜리 근저당권이 설정되어 있다면 1억을 주고 근저당권 말소를 요구하거나 혹은 5천만 원을 주고 산다는 개념이다. 만약 이 같은 근저당이 있는 집에 7천만 원 전세로 들어간다면 보증금을 돌려받지 못할 가능성이 있다. 집주인이 빚을 갚지 못해 집이 경매로 넘어가 7천만 원에 낙찰되었다고 가정해보자. 은행이 5천만 원을 우선해서 가져가면 전세권자는 2천만 원밖에 보장받지 못한다. 그래서 보통 근저당권과 전세 보증금의 합계액이 집 가격의 80% 이내일 때 안전하다고들 말한다. 최근에는 등기부등본에서 확인할 수 없는 집주인의 미납 세금 때문에 세입자들이 전세금을 돌려받지 못하는 경우가 많아졌다. 2023년 4월부터 국토교통부 홈페이지에서 임차인이 임대인 동의 없이도 국세 체납액을 열람할 수 있다.

■ 계약서 작성할 때 준비물

매매 계약서를 작성할 때 매수인은 신분증과 도장과 계약금만 있으면 된다. 도장도 꼭 인감도장일 필요는 없다. 계약금은 바로 모바일뱅킹으로 입금하는 게 좋으니 그전에 미리 계약금에 맞춰 이체 한도를 늘려놓아야 한다. '1일 이체 한도'와 '1회 이체 한도'를 계약금을 넣을 수 있는 만큼 높여놓는 게 좋다. 부득이하게 은행에 가서 직접 이체할 경우에는 매도인과 함께 은행으로 가는 것 같았다. 긴장하면 비밀번호를 여러 번 틀려서 영업점 방문하라는 경고가 뜰 수 있잖아요? 큰돈이 지나가는 떨리는 순간이지만 차분히 해봅시다.

■ 부동산거래신고필증

한창 집을 알아보고 찾을 때, 부동산 앱에서 실거래가와 최근 거래 내역을 확인할 수 있었다. 의무 사항으로 실거래가를 신고해야 하고 그 내역을 기반으로 실시간으로 공개되는 것 같던데 이젠 남의 일이 아니고 내 일이네.

부동산을 거래하면 '부동산 거래신고 등에 관한 법률'에 따라 30일 이내에 실제 가격 등을 신고해야 한다. 부동산 거래를 투명하게 하기 위해서다. 개업공인중개사(흔히 말하는 부동산 업체)를 통할 경우에는 중개사가 신고한다. 규제지역(투기과열지구, 조정대상지역)에 소재하는 주택의 경우에는 거래 금액에 상관없이 '주택취득자금 조달 및 입주계획서'를 추가로 제출해야 한다. 무슨 돈으로 집을 사는지 증명하는 것이다. 예금, 앞으로 들어올 확실한 수입 등 자기 자본, 대출금과 묶여 있는 임대보증금, 차입금 등 자금의 출처를 상세하게 기술해야 한다.

나는 대출 없이 가진 돈으로만 구입하는 거라 잔액증명서만 제출하면 되었다. 잔액은 금융기관별로 들어둔 적금을 다 해약해서 증명해야 하는 건가 싶었는데, 계좌별로 잔액증명을 확인할 수 있으니 해약하지 않아도 가능했다. 이미 계약금으로 보낸 금액의 계좌이체 확인 내역과 잔금에 해당하는 금액의 잔액증명서를 중개사님에게 이메일로 보냈다. 중개사님이 바로 신고했다고 연락을 주셨고 며칠 뒤 내가 직접 국토교통부 부동산거래관리시스템에 들어가 '부동산거래계약신고필증'을 발급받았다. 거래 당사자라 공인인증서로 로그인하니 바로 볼 수 있었다. 부동산 시세 조회 사이트에도 '최근 거래'란에 내 것이 분명한 거래 내역이 올라왔다. 신기하다.

ADVENTURE

OF

HOUSE HUNTING

Part. 5

모험을 계속할 채비

재정비의 시간

사랑과 응원 듬뿍 쬐고 자가발전

■ **준비물**

+ 자화자찬하는 마음

체리 부동산에서 계약을 마치고 나니 수박 부동산 중개사님에게 영 미안한 마음이 든다. 좋은 집을 소개해주고 상담해주는 게 그들의 일이고, 모든 거래가 성사되는 성질의 일이 아니니까 미안해할 필요는 없겠지만, 수박 부동산 중개사님은 내가 잔뜩 겁에 질려 집 구하기의 첫발을 내디뎠을 때 따뜻하게 맞이해준 분이다. 모르시겠지만 제가 덕분에 큰 용기를 얻었답니다.

수박 부동산 중개사님, 체리 부동산 중개사님, 상담 선생님, 친구들, 언니들, 집 구하기 뉴스레터를 응원하는 마음으로 읽어준 고마운 구독자님들 덕분에 무섭지만 울면서 한 발 한 발 어려운 일들을 처리해나간다. 집을 산 것에 대해 축하한다, 멋지다 같은 말도 정말 너무 좋고 고맙지만 수고했다는 말을 들으면 울컥한다. 집을 알아보러 다닐 때, 집을 정했을 때, 계약하러 갈 때 엄마는 언제나 "잘 알아보고 해라"라고만 말씀하셨다. 떨리는 마음으로 겨우겨우 계약을 마치고 왔을 때도 큰일 치렀구나, 축하한다, 하면 좋을 텐데 걱정 어린 목소리로 "잘 알아보고 했지?"라고 하신다. 나도 모르게 안 좋은 말이 튀어나갈까 봐 크게 숨 한 번 쉬고, 그냥 "잘 알아보고 했지~" 하고 말았다.

작은언니가 오빠에게도 전화해서 소식을 알리는 게 좋겠다고 말해주어 그제야 오빠 생각이 났다. 평소에 전화도 잘 안 하는 사이인데 이렇게까지 할 필요가 있나 싶었지만, 가족들의 도움을 받기로 한 이상 말을 잘 듣기로 했다.

뻘쭘하게 번호를 눌렀고 오빠는 별일 아니라는 듯이 전화를 받았다. 집값이 만만치 않을 텐데 어떻게 돈을 마련했냐고, 그래도 완주에서 꽤 살았는데 그간 쌓은 경력이나 인맥이 아쉬워서 어떻게 하냐고 걱정해주었다. 그동안 모은 돈이랑 해서 어떻게 어떻게 겨우 마련했다고, 지역이 바뀌는 건 아쉽지만 나는 새로운 곳에서도 잘 할 거라고 답했다. "그래, 집 사느라고 고생 많았다." 오빠의 말을 듣자마자 눈물이 왈칵 쏟아졌다. "응, 고마워." "오빠가 뭐 사줄까?" "필요하면 이야기할게." 둘 다 더는 할 말이 없어서 서둘러 전화를 끊었다. 울음이 그치지 않는다. 언니들이 축하한다, 막내까지 집이 생기니 참 좋다, 그동안 알뜰히 돈도 잘 모은 게 대단하다고 말할 때도 이렇게 눈물이 나진 않았는데 고생했다는 말에 이렇게 눈물이 터지다니. 엄마한테서, 돌아가신 아빠한테서 듣고 싶은 말이어서 그런 것 같다. 듣고 싶은 사람에게 듣지 못한 말, 눈물이 차오르는 말. 그동안 참 많이 애썼다. 고생했다. 어려운 일을 잘 해냈다. 그렇게 듣고 싶었으면 계속 해줘야지. 내가 나한테라도. 잘했다. 애썼다. 고생했다. 자랑스럽다.

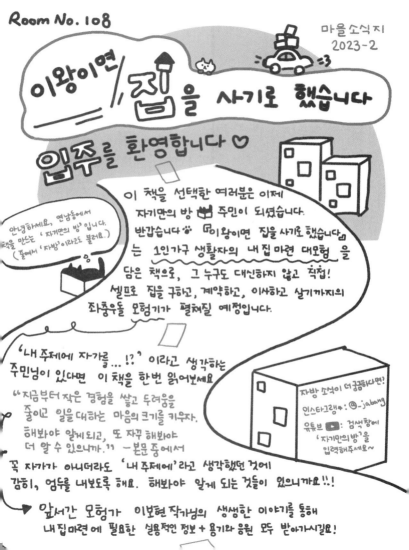

이왕이면 집을 사기로 했습니다

입주를 환영합니다 ♡

안녕하세요, 연남동에서 책을 맡은 '자기만의 방' 입니다.
(줄여서 '자방'이라고도 불러요.)

응

이 책을 선택한 여러분은 이제 자기만의 방 🏠 주민이 되셨습니다. 반갑습니다 ☺ 『이왕이면 집을 사기로 했습니다』는 1인가구 생활자의 내집 마련 대모험을 담은 책으로, 그 누구도 대신하지 않고 직접! 셀프로 집을 구하고, 계약하고, 이사하고 살기까지의 좌충우돌 모험기가 펼쳐질 예정입니다.

'내 주제에 자가를...!?' 이라고 생각하는 주민님이 있다면 이 책을 한번 읽어보세요

"지금부터 작은 경험을 쌓고 두려움을 줄이고 일을 대하는 마음의 크기를 키우자. 해봐야 알게되고, 또 자꾸 해봐야 더 알 수 있으니까." —본문 중에서

꼭 자가가 아니더라도 '내 주제에'라고 생각했던 것에 감히, 엄두를 내보도록 해요. 해봐야 알게 되는 것들이 있으니까요!..!

▶ 앞서간 모험가 이보현 작가님의 생생한 이야기를 통해 내집 마련에 필요한 실용적인 정보 + 용기와 응원 모두 받아가시길요!

자방 소식이 더 궁금하다면!
인스타그램: @-jabang
유튜브▶: 검색창에 '자기만의 방'을 입력해주세요~

안녕하세요~ 이보현 (a.k.a 바닥 badac)입니다.

2017년에 혼자 참고치는 이야기로
지방 주민님들을 뵈었는데 2023년에
혼자 집 사는 이야기로 돌아왔습니다.

안 부르고 혼자 처림

그 사이 석구도 성격어요
집을 돌보는 기술도 쑥쑥 자라서
자기만의 집을 찾아

ga-zi express

□▬▬▬▬▬▬▬▬▬▬│길을

떠나보기로 말삼했죠 그리고

이왕이면 집을 사기로 했습니다

어디서 살 지, 누구와 살지, 무얼하며,
어떻게 살 지 여전히 잘 모르겠지만요
가만히 들여다보니 가슴 두근이 작은
마음이 있더라고요
좀 더 기다려야이
확실해지겠지만
변화를 원함을

badac

마음이란건
알 수 있었어요
그래서 ····

[더보기]

그동안 참 많이 애썼다.
고생했다.
어려운 일을 잘 해냈다.

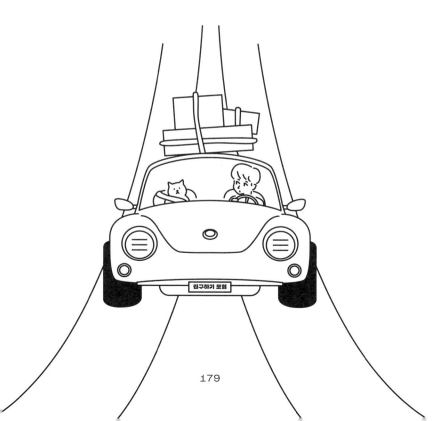

짐 정리 대작전

한 푼이라도 벌 수 있다면, 누구라도 쏠 수 있다면

■ **준비물**

+ 중고 물품 거래 플랫폼
+ 판매 가능 물품 목록

이사를 한 달 남기고 짐 정리를 시작했다. 언젠가 쓰겠지, (수년이 지났지만 그때는 오지 않았다.) 누군가 필요한 사람이 있겠지 (그 누군가는 바로 아직 오지 않은 미래의 나다.) 싶어 쌓아둔 잡동사니 상자가 한두 개가 아니다.

뭐부터 정리해야 할지 모르겠다. 책상 위에 널브러져 있는 것들을 와르르 쏟아놓은 저 박스들부터 정리해야 하는데, 하는데, 하는데, 하는데…. 정리, 마음으로는 언제나 해야 한다고 생각하지만 끝까지 외면하는 일. 창고로 쓰고 있는 베란다 수납장 안에도 그런 상자가 있다. 그 수납장은 '비밀의 문'이라고도 불리는데 문 뒤에 5년 전 이 집으로 이사 올 때 잡동사니가 만든 산이 있다. 농부 흉내라도 내고 싶어서 샀던 낫과 호미, 언젠가 커튼 봉으로 쓰겠다며 아빠 산소에서부터 싣고 온 대나무, 결국 자리를 잡지 못한 각종 장식품 등이 있다. 언젠가 쓸지도 몰라 못 버리겠다고 하니 친구가 방법을 알려줬었다. 한 상자에 다 몰아넣고 1년간 안 꺼내보면 버리라는 것이다. 그렇게 몰아넣은 짐들이 5년간 그대로 있다. 이제 정말 버려야 한다. 상자 근처에 있는 물건들도 다 비슷한 사연을 가졌을 것이다. 저 공간, 비밀의 문을 열면 뒤에 뭐가 있을지 몰라.

천릿길도 한 걸음부터라고 쉬운 일부터 하자. 팔릴 만한 것들을 중고 물품 거래 플랫폼에 올렸다. 3년 동안 네 번 사용한 창문형 에어컨을 팔려고 내놨다. 거래 가격을 검색해서 가격을 책정하고 설명서와 각종 구성품을 챙겼다. 스펙을 자세히 적고, 앞 옆 뒤 사진을 고루고루 찍었다. 사람들이 얼마나 관심을 가질까, 팔릴까, 조마조마한 마음으로 지켜본다. 어, '좋아요'가 벌써 두 개야. 이러다가 당장 팔리는 거 아니야? 한 개를 올리고 나니 하나 더 올릴 기운이 났다. 비밀의 문 뒤에서 냉풍기만 꺼내 판매 물품으로 등록했다. 다음 날 아침 냉풍기 쿨 거래 성공.

또 할 일이 뭐가 있지? 이미 '판매 가능 물품' 엑셀 시트는 만들었다. 이제 책장 맨 아래 칸에 쌓여 있는 다 쓴 일기장과 일기장용 새 노트를 정리하자. 지금 쓰는 일기장을 다 써가니 겸사겸사 다음 노트도 고르며 방바닥에 흐트러져 있던 노트 무더기를 책장 속으로 보냈다. 정리 완료. 더디지만 뭔가 진행되고 있다. 신이 나서 용기를 더 내본다.

다음은 이불이다. 겨울 이불을 보자기로 꽁꽁 싸고 버릴 이불은 따로 빼두었다. 그러고도 보자기가 스무 개 남짓 있길래 다 꺼내 빨았다. 어디에 쓸지 모르지만, 보자기 빨래는 짐을 정리하는 내 마음의 준비에 도움이 된다. 자연스럽게 비밀의 문을 열 용기가 생겼다. 잔뜩 쌓인 가방을 뒤적거리며 버릴 것과 팔 것으로 구분하고 싶었지만, 다 필요하고 가끔이지만 정말 쓰기는 쓴단 말이지. 나는 열 개의 그릇이 있으면 전부 돌려가면서 쓴다고! 주변에 이 이야기를 하니, 스무 개의 그릇을 구비해두고 두 개만 쓰는 사람과, 처음부터 그릇 두 개만 가진 사람이 말한다. "그러면 너는 그게 다 필요한 게 맞아." 안심이다.

버릴 거야, 버리긴 버릴 건데 일단 안에 뭐가 들어 있는지는 봐야지. 박스들을 꺼낸다. 수년 전 친구에게 빌려 놓고 친구도 나도 잊은 카세트테이프는 다시 제 주인에게 돌려주었다. 집수리에 관한 책을 쓰고 워크숍을 하러 다닐 때 샀던 공구도 여러 개 나왔다. 팟캐스트 할 때 샀던 스탠드 마이크, 어린이들이 쓰기 좋은 바퀴 달린 작은 책꽂이, 대자리와 스마트 워치, 향초, 침낭 등등 팔 수 있는 것들은 1~2천 원에 다 올렸다. 건반 악기를 연주하겠다고 친구에게 7년 전쯤 얻어온 멜로디언은 그동안 단 한 번도 쓰지 않았지만 버릴 수도 내다 팔 수도 없다. 나는 종합예술인이야. 대전으로 이사 가면 꼭 연주할 거야. 직접 만들어서 사용하던 책상과 식탁, 옷걸이는 만듦새가 야무지지 않아서 팔기엔 미안하니 혹시 쓸 사람이 있으면 그냥 가져가라고 소문냈다. 헌옷도 발 매트, 쿠션 커버, 베개 커버 등으로 재활용해 쓰려고 버리지 않고 잔뜩 모아뒀는데 이젠 버려야겠다. 잘 챙겨서 헌옷 수거함에 넣었다.

1년에 한 번 쓸까 말까 한 물건은 팔지 말지 고민된다. 예를 들면 돌절구. 귀엽고 재밌는 물건인 데다 깨도 갈고, 마늘도 빻고, 땅콩도 찧고 쓸 데가 많다. 너무 무거워 자주 쓰지 않아서 그렇지 땅콩 찧어 수제 땅콩버터 만들면 얼마나 맛있게요. 마늘도 제대로 빻고 싶을 때는 굳이 돌절구를 꺼낸다.

중고 판매용 리스트에 올릴지, 이삿짐에 포함할지, 어

디론가 보낼지 판단이 서지 않을 때는 '폐기심의위원회'를 소집한다. 심의위원장은 서울 친구 '오리'다. 내부 심사를 마치고 위원장님의 승인을 받는다. 버릴 건 버리고 쓸 것만 남겨두기. '언젠가 쓸지도 몰라'의 언젠가는 쉽게 오지 않는다는 사실의 인정.

　감당할 수 없을 만큼 잡동사니가 많아졌을 땐 이사가 기회가 된다. 내게 필요한 물건인가? 여기서 그만 헤어지는 게 좋은가? 혼자 결정하기 어려울 땐 친구의 도움을 받아야지. 나를 못 믿겠으면 친구를 믿으라고 했다. 각각 잘하는 게 다르니까. 오리는 자기 일처럼, 자기 일보다 더 현명한 결정을 내려준다. 돌절구는 무사히 살아남았다. 최근 심의위에 상정된 물건은 각종 제품의 포장 상자였다. 청소기, 모니터, 찻잔 세트, 노트북, 스피커 등 내 기준에 귀한 물건의 포장 상자는 버리지 않고 모아둔다. 이사 갈 때나 중고로 팔 때 필요할 것 같아서, 아름다운 물건의 완결성을 해치고 싶지 않아서 창고에 넣어뒀다. 모든 물건의 상자를 모으는 건 아니다. (비록 작년 여름에 부담 없이 산 전기 주전자 포장 상자도 안 버리긴 했지만.) 하여튼, 이 상자들도 심의위원회에서 살아남았다. 모니터나 청소기는 나중에 중고로 팔 수도 있으니까. 이사 직전에 위원장님이 실사를 오시기로 했으니 그전까지 최선을 다해 폐기물 후보 선정을 마쳐야겠다.

내게 필요한 물건인가?
여기서 그만 헤어지는 게 좋은가?

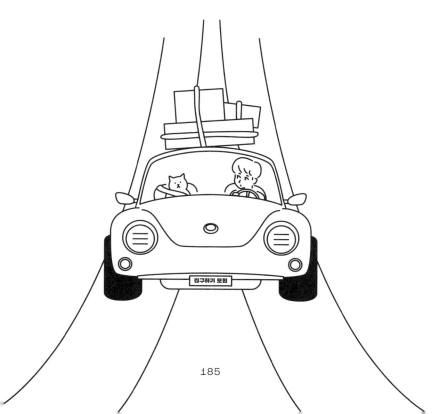

도움이
필요한 순간

폐기물심의위원회와 버리기 집중 워크숍

■ **준비물**

+ 대용량 종량제 쓰레기봉투

+ 대용량 비닐 봉투(헌옷 및 고철 판매용)

드디어 폐기물심의위원회 위원장님이 버리기 집중 워크숍을 진행하러 오셨다. 함께 식사를 하고 집으로 들어오는 길, 위원장님이 소화도 시킬 겸 가볍게 '잡동사니 산' 하나만 정리하자고 하신다. 책장 틈에서 나온 물건과 비밀의 문 안에서 뒤늦게 발견되었지만 폐기되지 못한 물건, 그리고 원래부터 대충 어딘가에 모여 있던 잡동사니의 산. 사전 프로그램 하나만 하려고 했는데, 하다 보니 본격적으로 버리기 워크숍 일정이 시작되었고 밤늦게까지 이어졌다. 귀여운 것 중에 덜 귀여운 것을 먼저 버렸다. 수년 전 직장인이던 시절 업무용으로 쓰던 도장, 여기저기서 사은품으로 받은 한 주먹의 볼펜, 유통기한이 한참 지난 의약품.

둘째 날엔 위원장님이 일어나시기 전에 미리 옷장 일부를 정리했다. 속옷 코너가 가장 쉽기도 하고 혼자 해놓는 게 서로 덜 민망할 것 같아서 먼저 버릴 건 버리고 수영복, 운동복, 실내복, 잠옷 등으로 분류해 두었다. 나중에 위원장님이 보시고 네가 이런 옷을 입고 있는 걸 본 적이 없다고 하시며 남겨놓은 목 늘어난 기념품 티셔츠와 바지까지 버렸다. 위원장님의 기준을 알아차리니 버리기가 훨씬 쉬워졌다. 낡았지만 쓸데가 있을지 모른다고 계속 그냥 두었던 옷과, 작아져서 못 입지만 좋아해서 차마 버릴 수 없었던 옷, 무겁고 불편하지만 삶의 무게를 느끼겠다며 굳이 집에서 일할 때 입고 압박감을 즐기던 스웨터, 뚜렷한 취향이 없다고 남이 주는 옷을 다 받아와놓고 실은 마음에 안 들어서 절대 안 입는 옷 등이 그것이었다. "누가 준다고 해도 그냥 덥석덥석 받아오지 마." 위원장님이 말씀하셨다. 네, 그런데 제가 말이죠. 며칠 전 이사 간다고 인사차 들른 친구가 입고 있던 연두색 카디건이 예쁘다고 만졌더니 가질래? 묻길래 받아와버렸어요. 받아오면서도 한참 웃었다. 지금 있는 옷도 버릴 마당에 또 이렇게 얻어오냐, 진짜.

주인을 찾을 가능성이 큰 품목 몇 개만 두고 나머지는 버리기로 했다.[+] 에코백과 종이가방도 수십 장 나왔는데 근처 제로 웨이스트 숍에 물어보고 갖다줘야겠다. 고맙게도 숍에서 책상과 가구 일체도 매장용으로 다 가져가주었다. 가구를 처분했으니 이사 갈 집에 놓을 책상을 알아본다. 아, 나 말고 위원장님이. 수납장도 골라주셨고, 쿠션 다 버렸으니 새것으로 사주시겠다며 쇼핑과 선택과 검색을 하지 않는, 못하는, 귀찮아하는 나를 대신해 출고와 입고 관리까지 대행해주셨다. 이 자리를 빌려 거듭 감사의 말씀을 전합니다.

+ 수거 업체를 이용하면 킬로그램당 몇백 원씩에 헌옷과 냄비와 수저 등 고철류를 판매할 수 있다. '헌옷 매입'으로 검색하거나 지역 커뮤니티에서 업체 연락처를 구하면 된다. 이불, 가방, 신발은 종류에 따라 수거 품목에서 제한되니 업체에 직접 확인할 것. 업체와 약속 날짜를 정하고 큰 봉투에 담아 집 앞에 두면 비대면으로 가져가기도 하고 이 경우 매입금액은 계좌이체로 보내준다.

귀여운 것 중에
덜 귀여운 것을
먼저 버렸다.

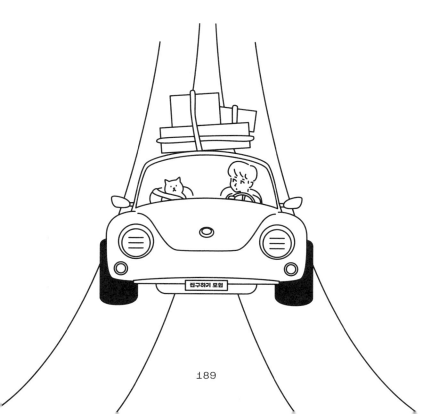

알아두면 좋은 #6

3D로 해본 가구 재배치

집의 도면, 방의 크기와 복도의 너비 등을 정확히 알고 싶었던 까닭은 원래 살던 집에 설치한 중문을 새로 이사 간 집에 그대로 가져가서 설치할 수 있을지 없을지 가늠하기 위해서였다. 하나를 해도 그럴듯하게 하고 싶어서 검색해보니 인테리어 시뮬레이션 프로그램이 제법 많았다.

인테리어 플랫폼 〈오늘의 집〉에서 제공하는 '3D 인테리어'를 이용하면 비교적 간단하게 평면도를 그리고 가구를 채워 넣을 수 있다. 아파트 이름만 넣으면 평면도가 자동으로 나오는 집도 있었는데, 우리 집은 등록이 안 되어 있어서 맨바닥에 벽을 세우고 문과 창문을 하나씩 달면서 도면을 완성했다. 인터넷에서 찾은 이미지 파일을 올리면 자동으로 스캔해서 그려주는데, 그걸 기반으로 조금씩 수정해나갔다.

실제로 이사 갈 집을 방문해서 재왔던 치수와 온라인 도면이 딱 들어맞지 않아서 처음엔 도면을 그리는 과정이 조금 어려웠으나, 하다 보니 의외로 익숙해져서 신나게 집을 지었다. 가구 배치를 새로 하고 싶어 작은방과 큰방에 캣타워랑 소파, 옷장, 책장, 책상, 의자, 식탁 따위를 이리저리 옮겨가며 놓아봤다. 3D로 변환해서 보니 신기하고 꽤 재밌었다. 처음 의도는 가상으로 중문 달아보기였는데 덕분에 가구 배치도 잘했다.

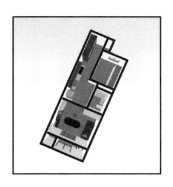

ADVENTURE

OF

HOUSE HUNTING

Part. 6

굽이굽이 험난한 길을 지나

두 번째 고비

문의는 초보, 예산은 황당

■ **준비물**
+ 커뮤니티 앱
+ 전문가 매칭 앱
+ 모르는 걸 모른다고 하는 솔직함
+ 전문성을 존중하는 태도

인터넷에서 열심히 검색하고 부동산을 돌아다니며 겨우겨우 마땅한 집을 찾고 직접 보는 과정을 거쳐 드디어 한 집으로 결정! 그렇게 집 구하기의 대모험을 마치고 그 집에서 오래오래 행복하게 살았습니다…라고 껑충 마무리 단계로 넘어가고 싶지만, 집을 구한 뒤에도 여전한 모험이 남아 있었다. 이사라는 큰 고비를 넘어야 하고 동시에 도배와 장판 교체 공사를 할지 말지, 입주 청소도 사람을 써서 할지 말지, 한다면 업체를 어떻게 고를지 등을 정해야 했다. 전세나 월세라면 집의 상태에 따라 집주인과 협상을 해야 할 테지만 이제는 내가 집주인이다.

집 보러 갔을 때 보니까 깨끗하던데 그냥 청소만 하고 살아도 되지 않을까? 이사를 많이 해본 언니들은 가구가 있을 때 보는 것과 들어냈을 때 보는 게 다를 거라며 오래오래 그 집에 살 생각으로 새 단장을 하라고 한다. 그래! 새롭게 시작하는 대전에서의 인생, 하면 좋은 건 다 해보도록 하자. 출동, 준비.

온라인 지역 커뮤니티나 양육자가 주로 생활 정보를 공유하는 카페에서 후기를 읽다 보니 공통적으로 추천하는 업체가 서너 군데로 좁혀졌고, 그중에서 마음이 가는 곳을 추렸다. 입주 청소는 여러 업체가 카페에 추천되어 있어서 그중에 골랐지만, 도배·장판 업체는 추천이 많지 않았다. 전문가 매칭 플랫폼에서 업체를 찾기도 한다는데, 나는 익숙하지 않아서 이용하지 못했고, 결국 블로그에 시공 후기를 꾸준히 올려온 업체를 선택해 연락을 드렸다. 카페에서 좋은 후기를 남긴 회원에게 따로 쪽지로 업체를 소개해달라고 물어보기도 했는데 내가 선택한 업체와 같은 곳이어서 한 번 더 마음이 놓였다. (카페에서는 업체 상호를 게시글에 명시하지 않고 쪽지로 따로 물으면 알려준다. 운영 방침에 따라 광고 글이나 악평으로 인한 명예훼손 때문일 거라 짐작만 해본다.)

도배·장판 업체는 집을 보기 전까진 대략적인 금액이라도 절대 말하지 않는다. 집의 크기뿐 아니라 상태에 따라 벽지와 장판 제거에 들어가는 품, 초배(도배 전 벽을 평평하게 하기 위해 초벌로 하는 도배)여부 등 작업 공정이 달라질 수 있어서 예상할 수 없단다. 이해는 한다. 특정 금액을 한 번 입 밖으로 꺼내고 나면 후에 그 말을 번복해야 할 때 얼마나 많은 말이 오가며 마음을 썼을까. 그래도 나는 전혀, 어떠한 감조차 잡을 수 없어서 물어볼 수밖에 없었다.

– 한 100만 원 하려나요?
– 17평 방 두 개짜리 장판값만 70만 원이에요. 실거주니까 좋은 걸로 하셔야죠. 실크 벽지로 하시고, 바닥 두께도 2.2T 정도 하시면 250만 원 정도 나올 거예요.
– 네, 감사합니다. 벽지는 언제 고르나요?
– 이사 나가고 저녁에 공실 상태가 되면 방문해서 실측 후 견적을 뽑습니다. 제품은 그때 고르시면 돼요.
– 그럼 이사 다음날 바로 작업하는 건가요?
– 제품 수급 상황에 따라 며칠 걸릴 수도 있어요.

– 그럼 제가 미리 제품을 골라놓으면 바로 시작할 수 있겠네요?

– 현장 상황에 따라 달라질 수 있으니, 그날 결정하시는 게 좋습니다.

– 네, 혹시 제가 인터넷에서 먼저 찾아보고 싶은데 어떻게 찾아보죠?

– 그거야 그냥… 인터넷에서 찾아보시면 되는데요. 장판은 'LX 2.2T' 를 검색해보세요.

바로 그런 거요! 전 그런 키워드를 알고 싶었어요. (검색해보니 LX는 제조사명, T는 장판의 두께, Thickness를 나타내는 단위였다.) 대화 내용을 전해 들은 언니들이 10년 전에도 100만 원이 넘었던 것 같은데, 전화 받은 업체 사장님이 당황하기는 했겠단다. 하하, 죄송합니다. 그런데 몰라도 떳떳하게 물어보는 데 조금 적응이 된 걸까. 주눅들지 않고 잘했다. 모르니까 물어보는 거다.

도배지가 잘 붙도록 며칠 기다렸다가 이사 들어가는 게 좋다는 말을 들어서 예약을 서두를 때였다. 띵동! sns에서 알게 된 대전 지인으로부터 반가운 메시지가 도착했다. 도배와 장판 견적을 받았다는 지난주 내 뉴스레터를 읽고, 전문가 친구에게 확인해 언급된 제품의 대략적인 비용을 알려주었다. 이런 고마운 오지랖이라니. 이왕에 그 친구분께 이번 일도 맡아주십사 부탁드렸다. 인터넷 후기가 좋은 곳으로 고르긴 했지만, 전혀 모르는 업체보다는 랜선 우정과 추천을 거친 지인 찬스가 훨씬 믿음직스럽다.

업체를 만나기까지가 어렵지, 믿을 만한 전문가를 찾

으면 그 뒤로 일사천리다. 도면으로 대략적인 견적을 낸 뒤 이사 들어갈 집이 공실이 된 후에 제대로 실측하기로 했다. 작업 기간이 아주 여유롭진 않으니 미리 제품을 고르자고 하셔서 방문해 벽지와 장판을 골랐다. (이게 맞지!)

벽지와 바닥재 선택은 예상보다는 쉬웠다. 희고 깔끔한 것 중에서도 어떤 흰색에 어떤 무늬인지에 따라 종류가 너무 많아 처음엔 고르기 힘들었지만, 전문가 말씀이 벽에 발라놓으면 가로 줄무늬인지 세로 줄무늬인지 구별도 잘 안 된다고 한다. 차라리 조명에 따라 색감과 톤이 달라지니 조명 색을 고려해서 원하는 느낌보다 조금 어두운 톤으로 고르라는 조언을 들었다. 마냥 희기만 한 건 사무실 같으니까 적당히 포근한 것으로.

뉴스레터를 읽은 또 다른 자가 보유자 친구가 무조건 장판만은 두껍게 하라고 연락을 주었다. 집에 뛰어다닐 어린이도 없는데 굳이 그 정도까지 할 필요가 있나 싶다가도 지금 집 방바닥에 여기저기 긁힌 자국을 보면 두꺼운 게 좋지, 라고 생각하게 된다. 나는 기분 전환을 위해 소파와 책장, 책상 위치를 이리저리 바꾸는 걸 좋아하는 편이란 말이지…. 아무래도 예산에 맞출 수밖에 없겠지만 오래오래 쓸 계획으로 비싸더라도 좋은 것으로 하고 싶다. 전문가 친구와 상의 끝에 마룻바닥을 추천받았다. 믿고 물어볼 사람이 있다는 게 이렇게 감사하고 좋다.

믿고 물어볼 사람이 있다는 게
이렇게 감사하고 좋다.

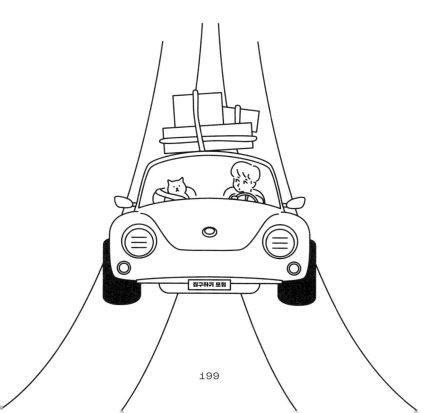

갈림길에서
갈팡질팡

이삿짐센터 결정전

■ **준비물**

+ 커뮤니티 앱

+ 전문가 매칭 앱

+ 손 없는 날 표시된 달력

이삿짐센터는 동네 친구의 추천과 전주와 완주 지역의 온라인 카페, 인터넷 후기를 취합한 뒤 그중 고르기로 했다. 후보는 다섯 군데였다. 이름과 첫인상을 중요하게 생각하는 나로서는 가족주의가 강하게 드러나는 상호는 탈락, 시도 때도 없이 착함을 강조하는 상호도 탈락, 말도 안 되는 영어를 쓰는 상호도 거르고, 쓸데없이 줄임말을 쓰거나 맥락 없이 유행어를 붙인 상호도 제쳐두었다. (아래에 쓴 업체명은 전부 가명이다.)

'초심'은 지역 카페에서 인기 최고의 이삿짐센터다. 친구 또한 이곳의 깔끔한 일 처리가 좋아서 세 번이나 이용했단다. '정성'은 마음을 다할 듯한 상호가 마음에 쏙 들었다. 우선 초심에 전화를 걸어 견적을 요청했다. 지금 집과 이사 갈 집의 위치, 집의 층수와 평형, 짐의 양을 차근차근 설명하려는데! 사장님의 답이 돌아왔다. "사모님, 저희한테 가장 중요한 건 날짜입니다. 언제 이사를 예상하시죠?" "앗, 네. 6월 27일부터 말일 사이 아무 때나 좋습니다." "마지막 주는 이미 다 찼고 딱 하루 28일이 있네요. 그런데 그날은 손 없는 날이라 가격이 비싼 건 아시지요? 26일은 어떠세요, 사모님?" 우선 괜찮다고 답하고 방문 견적을 받기로 했다. 마침 바로 방문할 수 있단다. 지금 밖이라 5시에나 집에 들어갈 것 같다고 했더니 4시가 좋겠다고 한다. 네, 그 정도는 맞춰보겠습니다. 이렇게 명확하게 의사표시를 해주시면 참 좋다. 물론 말끝마다 사모님, 사모님 하는 건 적응이 좀 안 되지만.

이어서 '정성'에도 전화를 걸었다. 접객 태도 및 방식이 초심과 전혀 다르다. 느긋한 옛날 방식이랄까. "이사 견적 받아보고 싶은데 방문해주실 수 있나요?" "아~ 예~ 이번 주에 한번 제가 가죠." "내일 어떠세요?" "아~ 예~ 그럼 저녁에 가보겠습니다." "이사 날짜를 지금 말씀드리지 않아도 되나요?" "예~ 내일 만나서 하셔도 됩니다." 두 곳 다 친절했지만, 취향에 따라 선호하는 고객군이 다를 것 같기는 했다. 재미있는 비교 대상이다. 통화가 끝나자마자 두 곳 모두에게 집 주소를 문자로 남겼고, 초심 사장님은 바로 '알겠습니다. 사모님, 이따 뵙겠습니다'라는 답장을 보내왔다. 정성 사장님의 답장은 한참 지나 '예' 한 마디. 그런데 솔직히 나는 정성 사장님 같은 스타일이 더 좋다.

그날 저녁 초심 사장님이 시간 맞춰 우리집에 방문했다. 집에 고양이가 있다고 입구에서 말하자 고양이를 찾아 눈을 맞추고 냄새도 맡으라고 손가락을 댄다. 당신도 집에 고양이가 있다며 긁힌 자국을 보여주었다. 집사들이란. 집을 함께 둘러보고 식탁에 앉아 회의 모드로 진입. 짐의 양은 5톤 트럭 한 대 정도고 이사 비용은 90만 원, 1층이라 사다리차를 쓰지 않는 대신 아파트 입구까지 사람이 짐을 날라야 하니 인건비가 10만 원 추가된다고 한다. 아니, 사다리차를 쓰면 사다리차 비용을 내고, 사다리차를 안 쓰면 인건비를 추가로 낸다고? 결국 똑같은 거 아냐? 의아한 마음이 들었지만 잠자코 들었다. 장거리 이사 추가비용 40만 원, 해당 지역에서 사다리차를 수배하면 그 비용은 최대 15

만 원 정도 추가된다고 했다. 결과적으로 총 견적은 155만 원. 참고로 '손 없는 날'은 20만 원 추가다.

초심 사장님은 이사할 때 바닥에 까는 깔개, 가구를 싸는 천, 의자를 담는 상자 등 이사 현장을 찍은 사진을 파일에 끼워 문서로 준비해왔다. 가구 위 오래 묵은 먼지도 싹 제거하고, 소파도 뒤집어 먼지를 탈탈 털어준단다. 주방 업무는 사장님 부인 분이 직접 총괄하는데 식기류 포장은 꼼꼼하고 안전하게, 냉장고 속 음식도 신선하게는 기본이요 스팀 청소까지 해준단다. 어머, 뭘 그렇게까지 하는 생각이 들었지만 이사하는 김에 구석구석 청소도 하면 좋겠다는 마음이 뒤따랐다. 인기 있는 업체답게 벌써 예약이 거의 다 차 있나 보다. 나와 비슷한 시기에 이사하는 단지가 두 곳이나 더 있다고 했다. 지금 바로 계약을 하실 거냐 물어서 견적만 우선 받고 다시 연락드리겠다고 했다. 빨리 하는 게 좋을 거라는 사장님의 말은, 우리집이 아니어도 당연히 그날 일이 있을 게 확실하다고 믿는 사람의 태도였다. 자신감 있고 좋아 보였다. 견적서를 고이 접어 흰 봉투에 담아주는 모습은 끝까지 친절한 비즈니스 모드의 결정체 같았다. 지역 카페에서 왜 인기 있는지 알겠다.

다음 날 방문한 정성 사장님은 뚜벅뚜벅 방으로 들어와 쓱 둘러본 뒤 손으로 큰 짐을 꼽아보며 혼잣말로 조그맣게 뭔가 계산하는 듯했다. 계산이 끝났는지 움직임을 멈출 때쯤 경력자 고객이 된 내가 사장님을 식탁으로 안내했다. 여기 앉아서 말씀하시죠. 앉자마자 사장님은 비용부터 말했다. "이사비는 80만 원입니다." 155만원을 부른 초심과 너무 차이가 나서 대전으로 간다는 말을 다시 드렸다. 그랬더니 사다리차 비용이 별도라고 한다. 한 10만 원 하려나요? "대전이 여기보다 더 비싸서 15만 원 정도 생각하셔야 할 것 같습니다." 날짜는 언제가 괜찮을지 물으니 주섬주섬 주머니에서 두 번 접힌 종이를 꺼낸다. "저는 25일부터 다 괜찮은데 26일과 27일이 손 없는 날이더라고요. 그러면 더 비싸죠?" "아, 손 없는 날이 26일이에요? 25일 됩니다." 그러곤 훌쩍 떠나갔다. 하하하. 견적서도 따로 쓰지 않고, 장거리 이사 비용에 대해서도 깜빡한 듯하다. 초심보다 이사비는 20만 원 싸고 장거리 추가비용도 적게 들 수 있지만, 어쩐지 가격 차이가 크다는 느낌은 들지 않는다. 너무 주먹구구 방식이라 웃음이 났다. 카페에서는 이런 태도 때문에 너무 불안하다는 후기도 있고, 친절하고 푸근하게 이사를 잘 해줬다는 후기도 있었다. 초심 사장님에게서는 프로의 향기가, 정성 사장님에게서는 고수의 향기가 났다. 그래서 어디로 정했냐면….

**초심 사장님에게서는
프로의 향기가,
정성 사장님에게서는
고수의 향기가 났다.**

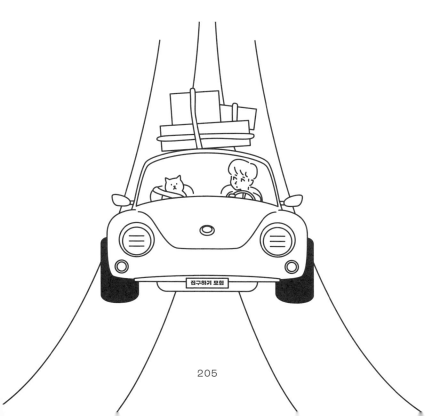

모험가의 결단

좋아 보이는 길로 눈 딱 감고

- **준비물**
  + 자기 취향에 대한 인정
  + 가격 협상의 기술

이사 업체 두 곳 사이에서 프로의 향기가 나는 '초심'으로 마음이 기울어지던 중, 이사 갈 지역의 업체를 불러서 이사하면 어떠냐는 말을 듣게 됐다. 별생각 없이 완주 근방 업체만 검색했는데, 그제야 정신이 번뜩 들어 대전 지역 업체도 알아보기 시작했다. 도시라 그런가, 대기업 스타일의 홈페이지들이다. 구별로 분점도 여러 개고, 게시판이나 메일 보내기 형태로 견적 요청이 바로 가능한 메뉴도 있다.

그중 하나인 '뿌듯' 이삿짐센터에 전화를 걸었다. 사무실 전화번호로 걸었지만 사장님으로 추정되는 분의 휴대전화로 연결되는 걸 보니 상근자가 온라인 견적 문의를 따로 처리하는 규모의 업체는 아닌가 보다. 사장님은 어떻게 자기네를 알았냐며, 지역 카페 등에서 나름 잘나가는 업체라고, 너무 대놓고는 아니지만 적당히 자랑을 한다. 작업도 당신이 직접 관리하니 더욱 잘한다고 조곤조곤 얘기해서 호감이 갔다.

뿌듯 사장님은 지금 집에 이사 올 때 짐의 양을 물었고 나는 빈손으로 들어와 이 집에서 짐이 많이 늘어서 정확히 답할 수 없었다. 그래서 솔직히 말했다. "실은 어제 이 지역 업체가 보고 가셨는데 5톤 트럭이면 될 거 같다고 하시더라고요. 큰 짐은 옷장, 책장, 캣 타워, 소파, 중형 냉장고, 통돌이 세탁기 정도 됩니다." 그랬더니 뿌듯 사장님은 뭐랄까, 다 포기한 듯한 말투는 아니지만, 경쟁업체의 태도라던가 지나치게 사무적으로 이 건을 꼭 따내겠다는 영업사원 같은 태도도 아닌, 오묘하고 부드러운 말투로 협상을 시작했다.

"사모님, 그러시면 사모님이 먼저 가격을 제안해주시면 어떨까요? 어차피 견적도 보셨다고 하니까 저희가 그 가격에 맞춰드릴 수 있는지 보겠습니다." 아, 난 이런 게 너무 어려운데. 순간적으로 영리하게 굴어서 엄청 싸게 견적을 받았다고 해야 하는 건가? 하지만 나는 그런 사람은 못 될뿐더러 그렇게 하고 싶지는 않으니까. 어제 초심에서 들은 그대로 155만 원이라고 말했다. 사다리차 가격이 정확하지 않으니까 넉넉하게 160만 원이라고 할 걸, 조금 후회하기는 했다.

뿌듯 사장님은 약간 놀란 눈치다. 그렇지, 정성 사장님도 대전 물가가 완주보다 더 비쌀 거라고 했으니까. "원래 여기보다 대전이 더 비싸지요? 제가 흥정을 하려는 건 아니고요. 갈 지역에서 차를 불러 이사하는 방법도 있다고 하길래요. 한번 알아보려고 전화 드려봤어요." 뿌듯 사장님은 조금 양보해서 160만 원까지 해드릴 수 있다고 말했다. "150만 원으로 해드린다고 해야 하는 거였을까요." 말끝을 흐리며 부연하는 것까지 흥미로운 분이다. 네, 알겠습니다. 좀 더 생각해보겠습니다.

전화를 끊자마자 바로 다시 전화가 왔다. 혹시 가격이 문제라면 저희가 더 잘해드릴 수도 있다, 월말이라 좀 바쁘긴 하지만 이렇게 연락 주신 것도 인연인데 저희가 하고 싶다, 편하게 다시 연락 달라고 덧붙였다. 아, 뭔가 이 말랑 말랑하고 다정한 태도. 내가 좋아하는 스타일이다. 당신의 할 말을 부드럽게, 말투와 목소리, 사용하는 어휘 모두 적절히 강약을 조절해 내용에만 집중한다. 큰 목소리, 능글 맞은 말투, 욕설 섞인 어휘 같은 것들은 정말 싫다. 할 말만 딱 하지만 다정한 그런 거, 그러니까 도시의 그런 거. 어쩌면 나는 여러 가지로 도시가 그리웠나 보다.

'정성' 이삿짐센터 사장님을 만나고 나서 그 도인 같은 면모가 존경스럽기는 하지만 이미 현대의 생활인이 되어버린 나는 정성을 가장 먼저 제외시켰다. '초심'의 과한 친절에 저어할 즈음 나타난 '뿌듯'의 적정 친절과 다정한 태도에 마음이 가고 말았다. 뿌듯 사장님은 초심 사장님처럼 작업 내용과 과정에 자세한 설명을 하지 않았는데 가구 포장이나 냉장고 정리 및 청소도 다 해주는 걸까? 용기 내어 전화를 걸었다. "가구 옮길 때 천으로 흠집 안 나게 싸는 거나, 냉장고 정리하고 청소하는 거나, 그런 거는 요즘 포장 이사들이 다 잘해주지요? 업체들이 모두 기본으로 해주시는 건가요? 뿌듯에서도 해주시지요?" "그럼요, 저희도 다 꼼꼼하게 싸고 조심히 옮기고 주방 그릇, 냉장고 정리 다 합니다." "그럼, 가격은 제가 150만 원 부탁드려도 실례가 안 될까요?" 이사 비용을 흥정하기에 적합한 말투는 아니었지만 나도 모르게 부탁하듯 말하고 말았다.

바로 계약이 성사되어 계약금 10만 원을 보냈다. 초심 사장님께는 문자를 보냈다. 진행 못 할 것 같다고, 죄송하고 감사하다고. 알겠습니다, 사모님. 이사 잘하세요, 곧장 답장이 왔다. 정말 끝까지 프로셔.

할 말만 딱 하지만 다정한 그런 거,
그러니까 도시의 그런 거.
어쩌면 나는 여러 가지로
도시가 그리웠나 보다.

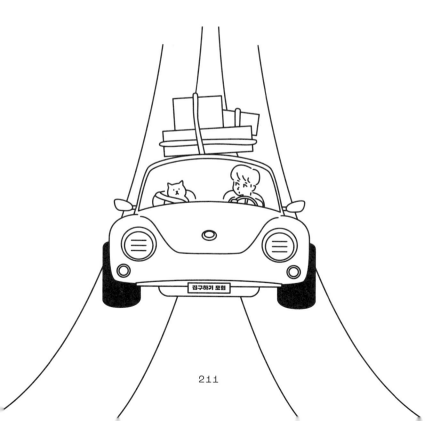

ADVENTURE

OF

HOUSE
HUNTING

Part. 7

정상이라 느낀 순간들

잔금일 오전 10시

열쇠 받고 집에 들어섰을 때, 비로소 내 집이 되었다

■ **준비물**
+ 신분증, 도장
+ 이체 한도 증액 신청
+ OTP 등 고액 이체 인증 수단
+ 소유권 이전 등기를 직접 한다면 신청서와
  위임장에 매도인의 인감 도장 받기
+ 법무사를 통한다면 법무통 어플로
  법무사 찾기
+ 잔금일 체크리스트(242p)

아파트를 매입해서 이사 가는 길고 긴 모험의 여정에서 가장 떨린 순간을 뽑자면 체리 부동산 중개사님에게 집을 사겠다고 연락하기 위해 아침이 오기만을 기다리던 열네 시간과 계약서를 쓴 날 30분이 공동 2위다.

1위는 잔금 치른 날 종일. 완전히 값을 치르고 내 손에 집 열쇠가 들어오는 날, 서류상으로도 소유권이 넘어오는 날이다. 이날 나는 (중도금 없이 계약해서) 한 번에 큰돈을 보내야 했고, 셀프등기에 전입 신고까지 할 일이 제법 많았다. 이름도 처음 들어보는 문서가 많았지만 사무직 직장인일 때의 경험을 살려 차근차근 작성해나갔다.

체리 부동산 중개사님은 잔금일 오후에나 매도인이 이사를 나간다고 말했다. 보통 이삿날엔 이사 나가는 집과 들어가는 집이 동시에 움직이는데, 매도인이 들어갈 집이 비워져야 그가 이사를 나가고 매수인이 그 집으로 이사를 들어갈 수 있기 때문이다. 인터넷 선생님들은 이삿짐이 다 빠져나간 뒤 공실 상태를 확인하고 나서 잔금을 치러야 한다고 강조하셨다. 최소한 이사가 한창 진행 중인 모습이라도 직접 눈으로 보고 오라고 하셨다. 그런데 부동산에선 공실 상태를 확인할 수도 없는 오전에 만나자고 하네? 진짜로 이사 나가는지 확인해야 하는데 어떡하지? 흠, 인터넷 선생님들의 말과 다른데 이를 어쩌나. 어쩌긴 뭘 어째, 그냥 알겠다고 했다.

대전에서 오전 10시 약속이라 넉넉하게 완주에서 8시에는 집에서 나서야 한다. 오늘은 차를 가져갈 거다. 점심 챙겨 먹을 정신이 없을까 봐 도시락과 돗자리도 준비했다. 이삿짐이 다 빠진 집에는 앉을 자리도 없을 테니까. (나의 이철두철미함을 사랑한다. 다른 사람이 뭐라 한들 내가 사랑해.) 등기소까지 가는 길이 막히거나 주차장이 마땅치 않으면 자전거를 타고 가려고 접이식 자전거도 싣고 출발했다.

체리 부동산에 무사히 도착해 근처를 빙빙 돌다 겨우 주차하고 나니 9시 45분이다. 약속 시간까지 혼자 기다리느니 서둘러 시작하고 빨리 끝내버리고 싶어서 바로 사무실로 향했다. 체리 부동산 중개사님은 이제 막 출근하는지 가는 길에 만났고, 우리가 도착하자마자 매도인도 변호사 사무소 서류 봉투를 들고 바로 사무실로 들어섰다.

체리 부동산 중개사님이 미리 문자로 보내준 정산 내역서를 다시 보면서 계약 잔금과 '선수관리비'를 포함한 금액을 이체할 준비를 마쳤다. 선수관리비란 아파트 완공 후 입주 전에 들어가는 관리비를 뜻한다. 집 열쇠를 건네받고 드디어 잔금을 보냈다! 얼마 보내야 하는지 제대로 확인했지? 이체 금액 실수 없이 입력했지? 더 보내려야 보낼 돈도 없지만 실수 없이 해야 한단다!

중개사님은 매도인에게 이분이 작가님이라 모든 과정을 경험해보고 그걸로 나중에 책을 쓴다네요. 너무 멋있죠, 라며 영업용 멘트 같기도 하고 호감의 표현 같기도 한 말을 계속한다. 뭐라도 상관없지만 바로 옆에서 듣기엔 민망한 말이다. (그리고 이렇게 현실로 이루어졌다.) 지금은 정신 바짝 차리고 내 할 일이나 하자. 이따 셀프등기를 하러 갈 때 등기소에 제출할 위임장에는 만약을 대비해서 직인란 외에 물건란에도 도장을 한 번 더 찍었다. 매도인이 위임장은 한 장 더 준비해도 좋다고 이야기하자마자 혹시 몰라 제가 한 장 더 출력해왔습니다, 하고 꺼냈다. 준비는 일사천리. 이제 잔금만 이체하면 된다.

정신을 바짝 차리자! 지금 얼마나 중요한 일을 하고 있는지 알지? 혹시라도 실수할까 봐 계좌번호와 금액을 거듭 확인했다. 계좌번호 잘못 입력해서 다른 사람에게 돈을 보낼까 봐? 예금주명 확인하고 천천히 하면 되잖아. 0을 하나 덜 붙이거나 더 붙여서 돈을 잘못 보내면 어떡해? 더 붙이면 잔액이 부족하다고 나올 거고, 실수로 돈을 덜 보내면 부족한 만큼 다시 보내면 된다. 침착하자. 별것 없다. 하던 대로 하면 된다. 일어날 수 있는 최악의 상황이라면 사기를 당하는 걸 테다. 내가 미처 확인하지 않은 사이에 등기부등본에 문제가 생겼거나, 앞에 있는 사람이 사실 집주인이 아니라거나, 알고 보니 터무니없이 비싼 금액으로 집을 샀다거나 하는 등 이 계약 자체에 문제가 있는 경우인데, 나는 할 만큼 했다. 이제 정말 값을 치르는 일만 남았다. 심장이 뛰고 입술이 바짝 말랐지만 속으로 크게 숨 쉬면서 은행 앱으로 조용히 해당 금액을 이체했다. 이 정도는 별일 아니라는 듯이 담담하게.

눈앞에 실물로 두툼한 돈 봉투가 오가는 게 아니라서 그런가, 방금 전까지 내 통장에 있던 그 큰돈이 클릭 몇 번으로 매도인에게 넘어간 게 실감이 나지 않는다. 입금했습니다, 말하고 나서 집 열쇠를 건네받았다. 엄청난 일이 눈앞에서 벌어지고 있는데 이렇게까지 아무렇지도 않다고? 회사 사무실 계약하러 온 것도 아닌데 너무 남의 일 대하듯 하고 있는 걸. 꺄아 소리치면서 발을 동동 구르고 폴짝폴짝 뛰면서 좋아하고 싶은데 보는 눈이 있어서 참고 있구나.

엄청 떨렸지만 안 그런 척하면서 정산을 완료하고, 등기신청서와 위임장에 매도인 날인을 받고, 필요한 서류까지 챙긴 뒤에 모두 함께 체리 아파트로 갔다. 알고 보니 매도인은 이미 오늘 아침 이삿짐을 다 내려두어 집은 공실 상태였다. 오후에나 이사 갈 집으로 들어간다 해도 이삿짐은 양쪽 집 모두 오전부터 싸는 게 맞다. 그래야 계속 밀리지 않는다. 오전에는 짐을 싸서 집을 비우고 오후엔 다음 집으로 동시에 움직여야 말이 된다. 매도인이 짐이 많지 않아 짐 싸기가 일찍 끝났나 보다. 이 분은 한두 번 해본 솜씨가 아니야. 꼬투리 잡힐 행동을 절대 안 하는 프로다. 인터넷 선생님들 말을 다 듣진 못했지만, 문제없이 매매 행위가 완료되었다. 건물 앞에 도착하자 지금부터 집주인인 내가, 아까 받은 마스터키로 공동현관과 출입문을 열고 들어갔다. 도어 록 사용법, 등 기구의 스위치 위치, 도시가스 전화번호를 알려주고 두 분은 떠났다. 셋이 들어왔다가 나만 남았다. 와, 진짜 내 집에 들어왔구나. 너무 신기하다. 멍하니 서 있다가 전화를 걸어 바로 도시가스 가입부터 신청했다.

이제 여기가 내 집이라고? 집을 보러 왔을 때부터 마음에 들었던 창밖 나무만 한참 바라봤다. 기쁘긴 한데 마음이 놓이지 않는다. 아직도 할 일이 태산 같다. 일부러라도 한숨 돌리면서 천천히 집을 둘러본다. 앞으로 잘 지내보자고, 반갑고 앞으로 잘 부탁한다고 인사해야지. 내게 집은 놀고, 먹고, 일하고, 편히 쉬고, 씻고, 자기 위해 필요하다. 더 잘 살아볼 수 있을 것 같아 집을 사는 건데 막상 집을 사서 들어온 순간에도 계속 걱정투성이면 앞뒤가 안 맞잖아. 나에게 맞는 집을 찾았고 드디어 내 집을 갖게 된 순간이다. 지금은 마음껏 감격해도 좋다. 영화처럼 벽에 손을 대고 집을 한 바퀴 빙 돌면서 눈물이라도 흘릴 줄 알았는데, 그냥 바닥에 주저앉아버렸다. 창밖 나무와 빈집을 번갈아 보며 그동안 수고한 나와 도와준 사람들을 떠올렸다. 앞으로의 일을 너무 걱정하지 말자. 어쨌든 집이 생겼다. 새로운 문제가 생긴다고 해도 저 나무를 보면서 해결 방법을 찾으면 된다. 앞으로 여기서 먹고 살 일이 막막해도 앉아서 곰곰이 생각할 수 있는 곳, 몸 누일 곳이 생겼다. 지금까지 한 것처럼만 하면 된다. 잘해왔고 잘할 수 있다.

**앞으로 여기서
먹고 살 일이 막막해도
앉아서 곰곰이 생각할 수 있는 곳,
몸 누일 곳이 생겼다.**

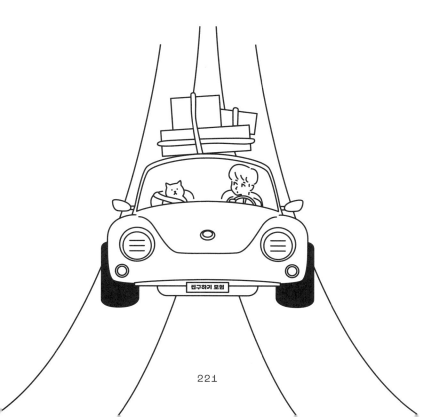

잔금일 오전 11시

셀프등기 성공했을 때, 진짜 내가 산 집이 되었다

■ 준비물

+ 소유권 이전 등기 준비 서류 (245p)

잔금도 치렀고, 이제 뭐 하지. 일단 체리 부동산 근처에 세워둔 차를 가지러 가자. 가는 길에 관리사무소에 들러 입주신고를 했다. 이사는 다음 주지만 차량 등록을 미리 해두면 들고나기 편할 거고, 할 수 있으면 뭐든 미리 하는 게 마음이 편하다. 입주민을 위한 헬스장과 독서실도 신청할 수 있다고 한다. 이것도 미리미리 해두면 좋지.

차를 탄 김에 등기소도 얼른 다녀오기로 한다. 혹시나 해서 자전거를 준비했지만 계획 변경이다. 중요한 일인데 이 더위에 땀을 뻘뻘 흘리며 자전거를 타고 갔다가는 접수 창구에서 기진맥진 정신을 잃을지 모른다. 이미 시간은 오전 11시, 점심시간과 겹치지 않게 서두르자.

부동산 소유권 이전 등기는 원칙적으로 매도인과 매수인이 함께 가서 신청해야 하는데, 보통은 매수인이 매도인의 위임을 받아 처리한다. 이 과정을 법무사나 변호사가 대행하면 약 20만 원 정도 든다. 이 돈을 아끼고자 나는 한 달 전부터 조금씩 미리미리 '셀프등기'를 준비했다. 지침에 따라 각종 증명서를 챙기고 국민주택채권 매매 및 환매, 취득 신고, 생애최초주택 취득세 감면 신청, 정부수입인지 구매, 등기신청 수수료 납부까지 어렵지만 셀프등기에 필요한 일 중 사전에 할 수 있는 일은 모두 처리해두었다. 이 모든 건 친절한 인터넷 선생님들 덕분에 어렵지 않게 준비했다. 문서 작성도 대부분은 인터넷으로 할 수 있다. (필요한 서류 목록과 과정은 245p에 자세히 설명했다.)

건축물대장, 토지대장, 매수인인 나의 주민등록등본은 최근 3개월 이내에 발급받은 것이면 되니까 가장 먼저 출력해서 챙겨뒀다. 인지세 납부를 위한 '정부수입인지' 구매도 미리 했다. 나는 미리미리 인간이니까. 인터넷등기소에서 부동산 소유권 이전 신청서인 'e-form'도 미리미리 조금씩 작성해두었다. '국민주택채권'을 구매하면 생기는 채권 번호 입력을 맨 나중으로 미뤘는데, 조금이라도 싸게 할 수 있을지 매일매일 살펴보느라 그랬다. 등기를 신청하려면 국민주택채권을 사야 한다. 보통은 매입했다가 바로 되파는 방식으로 고객부담금을 지불하는데, 금액이 환율처럼 매일 달라진다. 다른 서류 준비를 다 마치고 2주 동안 추이를 지켜보기로 했다. 가격이 떨어지길 기대하며 기다렸지만, 비쌀 땐 비싸다고 못 사겠고 싸면 더 쌀 때 사고 싶어서 사지 못했다. 결국 정해둔 기한의 마지막 날 가격을 고려하지 않고 살 수밖에 없었다. 이런 걸 보면 주식 투자 같은 건 절대 못 할 성격이다.

'취득세' 또한 등기신청을 하기 전에 미리 납부했다. 취득신고일이 취득일이 되므로 보통은 날짜를 정확하게 맞춰 잔금 치르는 날 취득 신고를 한다. 취득세 납부는 구청에 방문하거나 아침 일찍 인터넷으로 처리할 수 있다. 그래서 보통은 잔금일에 구청에 갔다가 등기소에 간다. 또는 지방세 신고와 납부, 조회 등의 서비스를 제공하는 〈위택스〉에서 인터넷으로 취득 신고 후 취득세와 등록세 납부까지 처리하면 된다. 나는 생애최초주택 감면을 받기 위해 관할 지자체에 직접 방문해야 했는데, 도배지를 고르러 대전에 갔던 날 구청에 들러 미리 처리했다. 잔금일 전에 미리 취득 신고를 하니 취득일도 당겨졌다. 이래도 되나? 물건에 문제만 없다면 미리 해도 큰 상관 없다고 담당자가 안심시켜주었다. 불안하면 납부하지 말고 기다렸다가 잔금일 당일에 납부해도 되고, 문제가 생기면 구청에 다시 신고하고 납부서를 재발급받으면 된다. 구청에 감면 신청서를 제출할 때 전년도 소득금액증명서, 가족관계증명서, 매매계약서, 부동산거래신고필증 등 준비할 서류가 많았는데 인터넷으로 준비할 수 있어 간편했다. 별문제 없이 민원실에서 5분 만에 처리될 때의 쾌감! 사무직 출신 각종 문서의 달인, 아직 죽지 않았구나.

다시 돌아와, 이제 대망의 등기다. 떨리는 마음으로 등기소에 도착했다. 내부도 한산했다. 신청서를 제출하기 전에 제대로 서류를 준비해왔는지 검토해주는 담당 창구가 따로 있었다. 굳이 필요 없는데 챙겨온 서류는 빼고, 내가 잘못 발급받은 서류는 다시 발급받아와야 한다. 아니 이런, 서류 전문가인 내가 실수를 하다니! 안타깝다. 살펴보니 토지대장을 남의 집 것으로 발급받았다. 그래, 이걸 발급받을 때를 떠올려보면 동호수를 입력하기도 전에 발급이 되어 이상하다고 생각했던 기억이 난다. 당연히 정확한 내 집 주소로 발급받아야 한다. 등기소 입구에 컴퓨터와 프린터가 있어서 토지대장을 추가로 뽑았다.

군이 필요 없는데 챙겨온 서류는 매매계약서의 붙임 서류인 '잔금 정산 내역서'와 '중개대상물 확인 설명서'였다. 완결된 매매계약서가 되려면 잔금영수증이 필요하다고 생각했는데 아닌가 보다. 중개대상물 확인 설명서도 매도자 매수인의 도장이 찍힌 문서여서 필수 구성인 줄 알았으나 등기 신청할 때는 맨 앞장 매매계약서만 필요했다.

셀프등기를 하려면 계약서의 원본과 사본을 모두 제출해야 하는데 원본은 등기가 완료된 후에 '등기필정보 및 등기완료통지서'(등기필증이라고도 한다)와 함께 돌려준다. 등기필증의 보안스티커를 제거하고 일련번호와 비밀번호를 직접 적어야 했는데, 등기소 직원분이 시키는 대로만 하면 된다. 신청서는 무리 없이 접수되었다. 보완할 서류가 필요하면 2~3일 내로 전화가 갈 거고, 아니라면 다음 주에 등기필증을 찾으러 오면 된단다. 으악, 그게 바로 말로만 듣던 '집문서'다.

아파트로 돌아와서 지하 주차장에 차를 세웠다. 아직은 차량 등록이 되지 않아 입구에서 경비실을 호출해 동호수를 말했다. 기분이 이상했다. 차에서 보냉 가방에 챙겨온 도시락과 돗자리를 꺼내 들고 집으로 들어갔다. 하하하. 웃기고 재밌고, 내가 너무 잘한다는 셀프 칭찬을 참을 수 없다. 창밖을 보면서 유부초밥과 블루베리, 삶아서 갈아온 양배추즙을 마셨다.

각종 문서의 달인,
아직 죽지 않았구나.

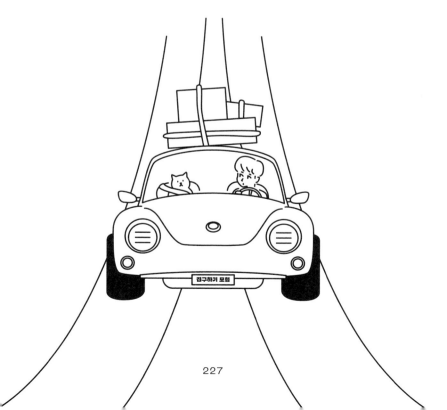

잔금일 오후 2시

전입신고를 하러 갔을 때, 드디어 내가 사는 집이 되었다

■ **준비물**
+ 신분증
+ 매매계약서
+ 온라인으로 할 경우에는 공인인증서,
  매매계약서 스캔 파일

대전 집에 도시가스 설치 기사님이 방문할 때까지 세 시간 정도 시간이 남는다. 완주 집 도시가스는 진작 철거했다. '미리미리 인간'은 새로 이사 갈 집에 가스레인지가 옵션으로 설치되어 있다는 걸 확인한 순간, 원래 가지고 있던 가스레인지를 팔기로 결심했다. 중고 거래 플랫폼에 올리자마자 팔리지는 않을 테니 판매 기간을 확보하기 위해 이사 열흘 전에 도시가스를 철거했다. 그때 방문한 기사님이 이사 준비가 하나도 안 됐네, 벌써 철거해요? 하고 물었던 게 의미심장하다. "여름이라 난방도 안 하니까 뭐… 괜찮겠지." 뭐라고요? 아니 잠깐만, 도시가스를 철거하면 가스레인지만 못 쓰는 게 아니라 보일러도 못 트는 거였구나. 기사님은 호스를 끊기 전에 마지막으로 나를 본다. 비장한 표정으로 고개를 끄덕였다. 온수 샤워 열흘 포기하지, 뭐.

가스레인지는 판매 글을 올려놓은 날 바로 팔렸다. 샤워할 땐 전기주전자에 1리터쯤 물을 끓여서 세숫대야에 옮긴 후 조금씩 찬물을 섞어가며 씻었다. 네팔 히말라야에서 트레킹 하던 시절 뜨거운 물 한 양동이 사서 샤워하던 기분도 나고 괜찮았다. 심지어 두세 번 하니 노하우가 생겼다. 처음에 머리 감고 팔다리 씻을 때는 찬물로 씻고 상반신만 뜨거운 물을 쓴다. 여기 대전 집에 도시가스가 연결되면, 완주 집에 가기 전에 샤워는 여기서 하고 가야 되나? 하하하. 샤워를 하려면 땀을 좀 내야지. 전입신고도 할 겸 자전거를 싣고 온 것도 아까우니 근처 카페까지 자전거를 타고 가기로 했다.

인터넷 전입신고는 정부민원 포털사이트 〈정부24〉를 통해 기관 방문 없이 편리하게 신청할 수 있다. 그런데 어쩐지 사이트가 접속되지 않는다. 이럴 수가. 당황했지만 집으로 돌아가는 길에 동사무소(아니 '행정복지센터'로 이름이 바뀌었지, 입에 잘 붙진 않지만)에 들러야겠다. 카페에서 동사무소까지는 10분밖에 안 걸렸다. 전입신고를 할 때는 '매매계약서'와 '신분증'만 가져가면 되지만, 운전면허증과 주민등록증을 두 개 다 챙겨가서 뒷면에 주소 스티커를 붙여야겠다.

전입신고는 내가 여기 산다는 사실을 행정적으로 증명한다. 등기는 이 집의 소유권이 나에게 있다는 법적 증명이고, 내 손에 들린 열쇠는 물리적으로 이 집이 나에게 넘어왔다는 뜻이다. 여러 의미에서 오늘, 이 집이 진짜 내 집이 되었다.

집으로 돌아와 한숨 돌리니 금방 도시가스 기사님이 도착했다. 새 주소가 적힌 신분증으로 가스사에 가입신청을 완료하고, 가스비 자동이체도 신청했다. 아쉽지만 수건이 없으니 온수 샤워는 다음 기회로 미뤘다. 오늘 정말 길고 알찬 하루였다.

전입신고는 내가 여기
산다는 사실을 행정적으로 증명한다.
등기는 이 집의 소유권이
나에게 있다는 법적 증명이고,
내 손에 들린 열쇠는
물리적으로 이 집이
나에게 넘어왔다는 뜻이다.
여러 의미에서 오늘,
이 집이 진짜 내 집이 되었다.

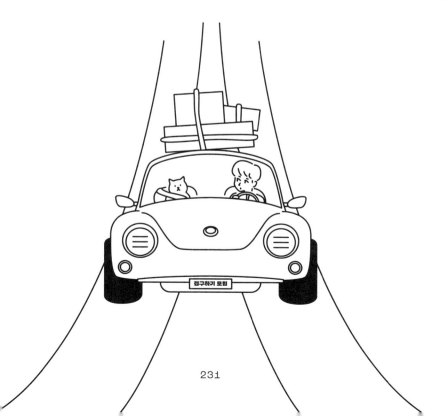

모험지 도착 임박

나 없이 도배, 나 없이 청소

■ 준비물

+ 취사 선택과 우선 순위에 대한
  나만의 기준 설정

도배는 잔금을 치르고 집 열쇠를 전해 받은 다음 날 하기로 했는데, 결과적으로 나 없이도 알아서 진행되었다. 내가 체리 부동산에서 손을 떨면서 잔금을 치르고 있을 때 도배사님이 빈집에 와서 실측을 했다. 도배하는 날 나는 현장에 가지 않았다. 작업 중에는 어차피 옆에 붙어서 지켜볼 것도 아니고, 근처 카페에서 시간이나 보내다가 완료되면 보는 것 정도일 텐데 굳이 완주에서 대전까지 한 시간이나 차를 운전해 와서 "좋네요"만 말할 내가 눈에 선하다. 그냥 안 가보고 "좋네요" 하기로 한다.

이사 전날엔 입주 청소를 예약해두었다. 청소업체 사장님은 청소가 끝나기 한 시간 전에 연락을 줄 테니 와서 확인하면 된다고 했다. 입주 청소 업체 후보를 고를 때도 대전·세종 지역 카페에서 후기와 상호를 기준으로 세 군데 정도를 추렸고 그 중 마지막까지 마음이 더 가는 두 곳에 전화를 걸어 가격을 물었다. 20평 이하는 기본요금으로 비용이 동일하다고 한다. 각각 30만 원과 35만 원을 불렀고, 30만 원인 곳으로 결정했다. 더 저렴한 가격도 결정에 영향을 미쳤지만, 전화 받는 분의 태도와 말투, 대응 방식, 상호명이 마음에 더 들었다.

가장 큰 고민은 따로 있었다. 바로 우리집 주인님 고양이 '가지'와 어떻게 함께 이사하면 좋을지다. 이삿짐을 꾸리는 동안 가지를 혼자 차에 둘까? 내 차에 가지를 태우고 대전으로 직접 운전해서 이동하면 내가 이삿짐 차량보다 훨씬 늦게 도착할 텐데 어떡하지? 나 없이 이삿짐을 풀어도 되나? 차라리 가지를 완주 집에 두고 이사를 간 뒤 밤에 다시 와서 내가 천천히 데리고 갈까? 방법을 떠올려봤지만 가지를 두고 가면 절대 안 될 거 같기는 하다. 가지 혼자 버려졌다고 생각하면 어떡해. 상상만 해도 너무 슬프다. 이삿짐을 빼고 나면 집이 휑하고 지저분할 텐데 가지에게 좋은 환경도 아닐 것이다.

아무리 생각해도 가지가 걱정되어 서울 사는 친구 '호랑이'에게 부탁했다. 이삿날 아침, 호랑이가 와서 자기 차로 나와 가지를 대전까지 태워다주기로 했다. 내 차는 이사 전날 대전에 두고 차 안에 미리 가지의 스크래처, 애착 이불 등을 준비해둔 다음, 이삿날 나와 가지를 실은 호랑이의 차가 대전에 도착하자마자 가지를 내 차에 옮겨둘 생각이다. 미리미리 시간을 들여 생각하니 점점 더 계획이 구체화되는 것 같아 뿌듯하다. 이제 정말, 가지랑 나랑 대전으로 이사 간다. 며칠 안 남았다. 이사 이틀 전엔 완주 친구 '고등어'와 단골 콩나물국밥집에서 마지막 작별 회식을 했다. 많은 사람의 도움으로 이사가 잘 마무리되어간다.

이제 정말,
가지랑 나랑 대전으로
이사 간다.

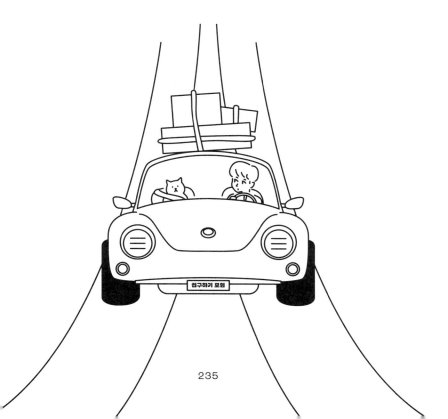

이삿날

그 집의 마지막 아침부터 이 집의 첫 번째 밤까지

■ 준비물

+ 이삿날 체크리스트 (249p)

이사 전 마지막 빨래 기회는 이사 가기 사흘 전이라 던데, 비가 와서 세탁기를 돌리지 못했다. 세탁기에 빨래 가 들어 있는데, 휴대폰 동기화하는 것처럼 이사할 때도 세 탁기에 든 빨래까지 그대로 옮겨오는 거겠지? 급하게 이틀 전에 빨래를 한다고 해도 더운 여름날 날마다 빨랫감은 나 올 것이다. 게다가 장마가 시작되어 빨래가 안 마를 수도 있어 걱정이다. 솔직히 큰 걱정은 아니고 세탁기 안에 속옷 을 포함해 빨래가 들어 있다는 게 부끄럽다. 지퍼 달린 가 방이나 보따리에 빨랫감을 넣어 세탁기 옆에 둘까, 옷장 한 칸에 넣어둘까 고민하다가 이사 전날 커다란 봉지에 싸서 정리함에 넣어뒀다.

완주에서의 마지막 밤이다. 내일 우리 가지도 나도 별 일 없이 대전 집에서 잠들 수 있겠지? 내일이 설레고 오늘 이 아쉽고 묘한 기분이 든다. 새벽 2시에 한 번 깨고, 4시 에 완전히 잠이 달아나 그냥 일어났다. 이삿짐 트럭은 8시 에 오기로 했는데 벌써 이불을 개서 장롱에 넣었다. 이삿짐 을 꾸리는 동안 가지가 지낼 뒷베란다에 밥과 물, 좋아하는 스크래처, 화장실, 이동 장을 가져다 놓았다. 지금은 가지 가 내 옆에 잠들어 있지만 짐이 많은 큰방으로 가서 숨으면 일이 복잡해진다. 아침이 되자마자 방문을 닫고 가지 눈치 를 살폈다. 가지는 이상한 낌새를 느끼곤 조심스럽게 방을 천천히 돌아다니다가 베란다 쪽으로 나가본다. 아직 이사 는 시작되지 않았지만 가지가 제 발로 들어간 김에 문을 살 살 닫고 가지에게 빌었다. 가지야 미안, 오늘 우리 이사하는 날이야. 사람들이 막 왔다갔다하고 시끄러울 건데 금방 끝날 거야. 저녁엔 다른 집으로 가지만 인간도 가고, 가지가 좋아하는 물건들도 다 거기 있을 거야. 조금만 참자. 그리고 인간도 떨지 말고 힘을 내자!

이삿짐 트럭은 약속한 시간에 정확히 도착했다. 주방과 욕실을 담당하는 중년 여성 한 분, 큰방과 작은방을 각각 담당하는 남성 두 분과 포장된 짐을 계속 트럭으로 옮기는 남성 한 분, 이렇게 네 명이다. 다들 우리 가지를 예뻐하고 콧노래를 흥얼거리면서 기분 좋게 일한다. 정신이 쏙 빠진 건 나뿐이다. "사모님 이거 가져가실 거예요?", "사모님 이거는요?" 사모님, 사모님! 그렇지 않아도 긴장하고 있는데 앞뒤 좌우에서 익숙하지 않은 호칭으로 불리고, 그때그때 결정해야 했다. 50분 작업하고 쉬는 시간 10분, 그리고 한 시간 더 짐을 싸서 트럭과 사람들은 대전을 향해 훌쩍 떠났다.

이삿짐은 먼저 떠났지만 나는 관리사무소 직원분을 기다렸다. LH 국민 임대 주택은 퇴거할 때 담당자와 함께 집의 상태를 확인한다. 이사 후 공실이 되었을 때 관리사무소에서 사후 점검하고 원상복구비를 청구하는 곳도 있다. 짐을 다 빼고 나면 불러달라고 해서 이삿짐센터 차가 떠나자마자 관리사무소 직원분을 호출했다. 불이 들어오지 않는 전등 개수를 세고, 양변기 물탱크 깨진 거랑 긁힌 장판, 깨진 신발장 거울의 원상복구비에 대해 안내받고 서명했다. 장판 가격은 감가상각 반영해서 내일 정확히 안내해준 단다. 현관문 도어록에 건전지 떨어진 것까지 편의점 뛰어 가서 새로 사다 끼워놓고 왔다.

오늘 나와 가지를 대전으로 수송할 친구는 앞서 말한 '호랑이'다. 호랑이는 이삿짐 트럭이 떠나기 직전에 도착해 내가 퇴거 절차를 밟는 동안 가지를 지켜봐주었다. 베란다 구석에서 그런대로 편안하게 앉아 있던 가지는 이동 장에 넣 으려고 하니 하악질을 하고 신경질을 잔뜩 냈지만, 빌고 또 빌어서 겨우 이동 장에 들여보냈다. 가지는 다행히 이동하 는 차 안에서 얌전히 있었다. 대전 집에 도착하니 대전 친구 '다람쥐'가 우릴 기다리고 있었고 아직 이삿짐 차는 오지 않았다. (이삿짐센터 직원분들은 이동 중간에 점심 식사를 하고 오신다 했 다.) 이사 전날 대전에 미리 가져다둔 내 차로 가지를 옮겨 태 우고 이동 장을 열어주었다. 좋아하는 이불 속으로 파고들어 도 좋고, 스크래처나 의자 밑 좁고 컴컴한 자리도 좋아. 어디 든 가지 마음 편한 곳에서 두 시간만 기다려줘. 인간은 이사 마치고 금방 올게. 나도 친구들과 점심을 챙겨 먹었다. 이번 에는 청소가 깨끗이 되어 있으니 집에 돗자리를 깔지 않아도 된다. 이삿짐 차가 도착하는 걸 보고 호랑이는 바로 서울로 돌아갔다. 고맙고 미안하고 사랑스럽고 자랑스럽다.

이사가 막 시작될 때 대전 친구 부부 '갈치'와 '부엉이'도 도착했다. 이삿짐센터 직원분이 대용량 쓰레기봉투를 찾길래 갈치에게 부탁했더니 시원한 물이랑 음료수도 같이 사왔다.

오전에는 내가 미리 얼려둔 시원한 물과 자양강장제, 과자 등 간식 세트를 마련해두었는데 갈치 덕에 오후에 또 간식 세트가 생겼다. 이삿짐센터 사장님은 음료를 또 사오셨냐며 고맙다고 했다. 서비스 이용자와 제공자로서 돈이 오가는 사이기는 하지만, 다정한 마음을 마음껏 내보이고 서로 그 마음에 응답하는 게 좋다. 나는 진심으로 고맙고, 잘 부탁드린다고 예의 바르게 인사하고 싶다.

짐을 풀기 시작할 때가 되니 이삿짐센터 직원분들의 질문이 더욱 많아졌다. 사모님, 이거 어디다 놔요? 사모님 이거는요? 사모님, 사모님! 조금 지켜보는 시늉을 하다가, 책장에 짐 꽂는 걸 돕다가, 차에 가지 잘 있나 보러 왔다갔다하다가 하루 종일 허둥지둥 마음이 급하다. 내가 짐을 나르는 건 아니지만 바쁘고 힘들다. 비가 내릴락 말락 한 날씨였지만 다행히 비가 쏟아지기 전에 사다리차 작업이 끝났다. 내부 정리까지 다 마치고 이삿짐센터 직원분들은 행복하세요, 인사를 남기고 떠났다.

널브러진 짐과 고양이와 인간들이 남았다. 수납장이 부족해 온갖 물건들이 싱크대 위에 쌓여 있다. 저걸 정리해야 물이라도 마실 수 있는데 오늘은 아무것도 하지 않겠다. 아니, 짜장면만 먹겠다. 친구들과 함께 중국집 음식을 배불리 먹었다. 가지는 다행히 캣 타워에서 쿨쿨 잔다. 친구들이 떠났으니 이제 나도 이 울퉁불퉁한 하루를 끝내고 씻고 자야겠다. 열흘 만에 하는 핫 샤워다.

**이삿짐센터 직원분들은
행복하세요,
인사를 남기고 떠났다.
널브러진 짐과 고양이와
인간들이 남았다.**

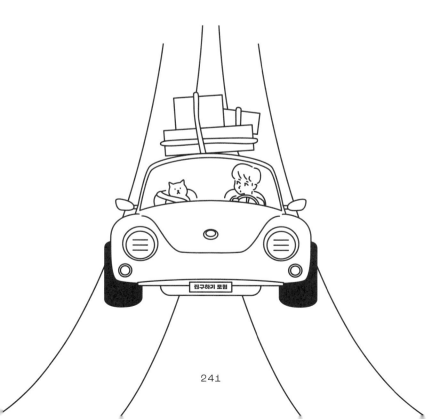

알아두면 좋은 #7

잔금일 체크리스트

■ 이체 한도 증액을 신청해두자

잔금을 이체할 때, 모바일뱅킹을 이용해 그 자리에서 바로 계좌이체를 할 테니 1일 이체 한도를 미리 확인하고 넉넉하게 상향시켜놓아야 한다. (계약금보다 잔금 금액이 훨씬 크다.) 이체 한도 상향은 신분증을 인증하고 비대면으로 신청하면 바로 갱신되는 은행도 있고, 다음날부터 적용하는 은행도 있는 것 같다. 직접 방문해야만 가능한 은행도 있으니 미리 확인하자. 고액 이체이니 OTP도 잊지 말고 챙겨야 한다. 가는 날이 장날이라고 배터리가 다 되어 갑자기 안 될 수도 있으니 OTP 배터리 잔량이 얼마 남지 않았다면 신규 발급을 받거나 다른 인증 수단을 마련할 것. 잔금을 치르면서 부동산 중개 수수료나 선수 관리금 등 추가 비용도 지급해야 하니 필요한 만큼 넉넉하게 이체 한도를 높여두면 좋다. 법무사를 통해 등기를 대행할 때는 취득세와 각종 경비, 대행료까지 추가 지출이 많다. 미리 법무사에게 필요한 금액을 확인하고 돈과 이체 한도를 넉넉하게 준비하자.

■ 법무사에게 제출할 서류와 비용을 준비하자

주택담보대출을 받을 때는 은행과 연계된 법무사를 통해 근저당권 설정을 해야 한다. 소유권 이전 등기까지 은행의 법무사에게 맡겨도 되지만 소유권 이전 등기를 담당할 법무사만 따로 구해도 된다. 따로 구할 경우 〈법무통〉 같은 앱을 활용해 견적을 비교하며 구할 수도 있다. 이 경우에는 잔금일에 부동산에서 매도인과 매수인, 법무사 2인, 공인중개사까지 다섯 주체가 만난다. 잔금일과 약속 시간이 정해지면 법무사에게 알리고 필요한 서류와 비용을 안내받아 준비하면 된다.

■ 잔금 치르기 전 마지막 집 상태도 확인하자

잔금날 약속 시간보다 30분 정도 일찍 공실 상태의 집을 확인하면 좋다. 가구가 모두 빠진 뒤에 장롱이나 냉장고 뒤 벽의 누수, 곰팡이, 결로가 있는지 확인하고 이사를 하면서 창의 유리가 깨지거나 창문틀에 하자가 생겼는지 살펴본다. 도어록이나 전등을 떼 가는 경우도 있다고 한다. 심각한 하자가 있을 때는 매도인과 협의해서 수리비를 청구한다. 나는 첫 방문 당시 집의 상태가 나쁘지 않아서 괜찮겠거니 생각하고 잔금 치르기 전에 공실 상태의 집을 다시 확인하지는 않았다. 대신 잔금을 치른 후에 중개사와 매도인 다 같이 집으로 가서 상태를 확인했고 다행히 별일 없었지만 중요한 사항이니 어지간하면 잔금 치르기 전에 확인하는 게 좋겠다. 특히 임차인이 살던 집이라면 매도인인 집 주인도 집 상태를 확실히 모를 수 있기 때문에 꼭 확인해야 한다.

■ 등기부등본에 계약 이후 권리변동사항 있는지 체크하자

잔금일 당일에 발급받아 출력한 등기부등본을 보며 근저당설정, 가압류, 가등기 등 권리 변동사항이 있는지 확인한다.

■ 관리비 등 각종 공과금 완납을 확인하자

매도인은 관리비 완납 영수증을 지참해야 한다.

■ 잔금 입금하고 집 열쇠 받자

선수관리금을 포함한 잔금을 매도인에게 입금한 뒤 출입문과 공동현관 비밀번호, 마스터키, 보조 열쇠와 우편함 열쇠 등 각종 열쇠를 받는다. 이 선수관리금은 내가 나중에 집을 팔게 될 경우 매수인에게 받는다.

■ 부동산 중개 수수료 결제 후 현금영수증을 받자

체리 중개사님은 요청하지 않아도 발급해주었다. 카드로 결제하고 싶다면 중개사님에게 미리 가능한지 물어보자.

■ 출입문 도어록 비밀번호를 변경하자

매도인이 설정해둔 현관 출입문 비밀번호는 바로 변경하자. 그래야 쓸데없는 걱정을 덜 수 있다.

■ 전입신고를 하자

〈정부24〉 홈페이지나 앱에서 할 수 있고, 관할 행정복지센터에 매매계약서와 신분증을 지참하고 방문하면 5분도 안 걸린다.

알아두면 좋은 #8

소유권 이전 등기 직접 준비(셀프등기)

소유권 이전 등기, 직접 할 수 있다. 필요한 서류는 다음과 같다. 이름을 훑어 보는 것만으로도 숨이 막히고 도저히 혼자 할 엄두가 안 난다면 대행 서비스를 이용하자. 나중에 부동산을 팔게 된다면, 양도소득세 필요경비로 인정된다고 하니 영수증은 꼭 챙겨놓고! 셀프등기는 서류 작성과 행정 업무에 익숙한 사람이라면 집중해서 3~4일 안에 처리할 수 있다고 한다. 나는 천천히 조금씩 오랫동안 준비했다. 은행 대출을 받을 경우에는 더 복잡해지고 경험해 보지 않아 설명할 수 없지만, 인터넷을 뒤져보면 친절한 인터넷 선생님들이 잘 설명해놓은 셀프등기 후기가 많다. 나는 서울시 노원구청 홈페이지에서 작성하고 제공하는 〈부동산 소유권 등기신청 길라잡이〉와 각종 블로그를 참고했다. 도움이 필요할 땐 등기콜센터(1544-0773)에 전화를 걸어 물어보자.

DOCUMENTATION LIST

- ☐ 소유권 이전 신청서 : e-form 작성, 출력
  (매도인과 매수인의 인감 날인)

- ☐ 위임장 : e-form 작성, 출력 (매도인 인감 날인)

- ☐ [매도인] 매도용 인감증명서

- ☐ [매도인] 등기권리증 또는 등기필 정보

- ☐ [매도인] 주민등록초본 (주소 이력 포함, 주민등록번호 표기)

- ☐ [매수인] 주민등록등본 또는 초본 (3개월 이내 발급본)

- ☐ [매수인] 신분증

- ☐ 건축물대장 (아파트 등 집합건물의 경우 표제부 및 전유부분
  모두 포함, 3개월 이내 발급본)

- ☐ 토지대장 (아파트 등 집합건물의 경우 대지권 등록부 포함,
  3개월 이내 발급본)

- ☐ 부동산 거래계약신고필증

- ☐ 매매계약서 원본과 사본 각 1부

- ☐ 취득세(등록면허세) 영수필 확인서

- ☐ 국민주택채권 매입 영수증

- ☐ 정부수입인지

- ☐ 등기신청 수수료 납부 영수증

ADVENTURE OF
HOUSE HUNTING

소유권 이전 등기 신청서는 법원에서 서비스하는 사이트 〈인터넷 등기소〉에서 전자표준양식인 이폼(e-from) 형식으로 작성했다. 작성한 만큼 저장해두고 나중에 이어서 작성할 수 있으니 차근차근 채워가면 된다. 작성 전에 법제처에서 서비스하는 포털 〈찾기 쉬운 생활법령 정보〉에서 내용을 숙지하고 인터넷 선생님들의 가르침에 따라 작성했다. 수수료란을 입력하기 위해서는 국민주택채권, 취득세, 등기수수료 등을 납부해야 하니 우선 임시 저장했다가 납부 후 모든 내용을 작성해서 출력한다. 위임장도 출력할 수 있다. 잔금일에 매도인에게 필요한 서류를 받고, 위임장에 인감도장을 찍으면 된다.

필요한 서류의 발급은 대부분 인터넷에서 가능하다. 주민등록등본, 건축물대장, 토지대장은 〈정부24〉에서, 부동산거래계약신고필증은 〈부동산거래관리시스템〉에서, 정부수입인지는 기획재정부에서 서비스하는 〈전자수입인지〉사이트에서, 취득세는 〈위택스〉에서, 국민주택채권 매입은 〈주택도시기금〉 사이트에서 하면 된다. 국민주택채권은 관련법에 따라 등기신청 시 의무적으로 매입해야 하는 국채다. 국민주택채권 매입이 조금 까다로운데 매입대상 부동산에 따라 금액이 다르기 때문에 공시지가를 확인하고 채권매입금액을 조회해야 한다. 인터넷 선생님들이 너무도 친절하게 과정마다 이미지를 캡쳐해서 작성법을 설명해두었다. 그대로 따라하면 된다. 나는 생애최초주택 취득으로 취득세 감면 대상이라 잔금일 이전에 관할 구청에 방문하여 직접 납부했다.

신청서와 첨부서류를 잘 챙겨서 관할등기소에 접수하면 일주일 정도 후에 등기필정보(등기부에 새로운 권리자가 기록되는 경우, 그 권리자를 확인하기 위해 등기관이 작성한 정보)를 수령해가라는 연락이 온다. 그사이 인터넷 등기소에서 진행 과정을 조회할 수 있다. 복잡하지만 아주 못 할 일은 아니니 할 만하다는 생각이 든다면 도전해보시길! 셀프로 하는 사람이 많습디다. 안 부르고 혼자 제출, 저도 했잖아요.

알아두면 좋은 #9

허둥지둥 이삿날 체크리스트

이사가 결정되면 보통 한 달 전쯤 이사 업체를 정하고 계약한다. 입주 전 리모델링이나 공사가 필요한 경우에는 별도로 넉넉한 일정을 잡는다. 도배와 장판, 입주청소 업체 선정도 최소 이사 2주 전까지는 마치는 게 좋다. 새 가구와 가전을 구입할 경우에는 배송 기간을 고려하여 미리 주문한다. 나의 이사와 내가 이사 갈 집에 살던 사람의 이사가 동시에 이루어지는 경우는 잔금 이체, 입주 청소도 같은 날 해야 하므로 신경 쓸 게 훨씬 많다. (그사이 도배까지 하기도 한다.) 오전 중에 전에 살던 사람이 이사를 나가면 잔금을 치르고, 잔금을 치러야 집 열쇠를 받는다. 그 뒤 입주청소를 시작할 수 있다. 동시에 나도 오전부터 이사 갈 준비를 하고 있어야 한다.

다음은 그런 작업을 모두 마친 후, 이사 일주일 전부터 당일까지 해야 할 일들이다.

CHECKLIST

■ 이사 일주일 전

☐ 가전/가구 중고 판매 및 처리 준비

☐ 보험, 은행, 신용카드 등 주소 변경

☐ 우편물 주거 이전 서비스 신청

☐ 인터넷, 정수기, 에어컨 등 이전 신청

☐ 도시가스 전출 신청

■ 이사 1~3일 전

☐ 관리사무소 이삿날 통보 (이사 나갈 곳, 이사 들어갈 곳)

☐ 세탁물, 냉장고 식품 정리

☐ 이사 갈 집 입주청소 진행

☐ 이사 갈 집 가구 배치도 그리기

☐ 현관 도어록 비밀번호 초기화

☐ 이삿날 마실 물과 간식거리 준비

☐ 1일 전 관리비 정산(아파트의 경우 전기와 수도 포함된 경우 많음)

■ 이사 당일

☐ 유아, 노인, 동물, 식물 등 특별 돌봄이 필요한 존재 챙기기

☐ 귀중품 별도 보관

☐ 퇴거 절차 (열쇠 반납, 관리비 정산 등)

☐ 이사 갈 곳에 50리터 쓰레기봉투 준비

☐ 이사 후 바로 필요한 행주, 걸레 등 청소 도구 찾기 쉽게 준비

☐ 커튼 철거 후 재설치

☐ 이사 완료 후 가구 등 손상 여부 확인

☐ 세탁기 정상 작동 확인

☐ 이삿짐 센터 비용 결제 (계좌이체 등)

☐ 전입신고는 이사 후 14일 이내, 소유권 이전 등기신청은 잔금 치른 후 60일 이내에 하면 되나 보통 이사 당일(잔금일) 처리

ADVENTURE

OF

HOUSE HUNTING

Part. 8

적응도 모험이더군요

모험지의 밤

잠은 어디서 자나

■ **준비물**

+ 살림살이 정리력
+ 음식 배달 앱
+ 여행자의 호기심

이사 후 짐 정리할 일이 막막하다. 그래도 집 구하고, 계약하고, 이사까지는 누군가와의 협업이라 계속 긴장했는데 이제부턴 혼자 하는 일이라 마음 편하다. 내 속도대로 충분히 시간을 갖고 느긋하게 정리하면 되겠지.짐을 한쪽으로 몰아놓고 첫째 날은 작은방에서, 둘째 날은 큰방에서 잤다. 셋째 날은 베란다에서 잤다. 완주에서도 한여름이면 종종 창을 열고 베란다에서 자곤 했는데, 바닥이 타일이라 시원하고 바깥에서 바람이 들어오니 더운 나라로 여행을 온 것 같은 기분도 들고 좋았다.

주방 가구 구성이 전에 살던 집과 달라 물건 넣을 곳이 줄었다. 우선순위를 따져보자. 싱크대 상하부 장에 꼭 넣어야 할 물건을 골랐다. 가지 사료와 밥그릇을 넣어둘 용으로도 찬장 두 칸이 필요하다. 인간은 좀 불편을 감수하더라도 고양이 밥 주는 데 어려움이 있으면 안 된다. 필요에 맞게 선반 높이도 조정하고 꼭 필요한 것들로 찬장을 채웠다. 한숨 돌리며 수납장을 주문했다.

새 가구를 들이고 물건을 정리하기 전까지는 적당히 나가서 사 먹어야겠다. 배고픈 아침, 편의점에 가서 뭘 사다 먹어야겠다고 생각하다가 혹시 배달이 되나 하고 찾아보니… 있다. 세상에나! 오전 7시 50분에도 음식 배달이 되는 곳에 살게 되었구나. 따끈따끈한 토스트를 바로 먹을 수 있다니. 이런 편리를 당연하게 여길까 봐 두려울 정도다.

일주일 사이에 주문한 수납장이 도착했고 집은 점점 사람 사는 꼴을 갖춰갔다. 미니멀리스트를 꿈꾸지만 나의 기분을 맞춰주기 위한 자잘한 생활용품과 소품을 포기할 수 없다. 여행자로 집 없이 돌아다니며 살 때도 어디든 내 공간으로 만들기 위한 물건, 남들이 보기에는 쓸데없는 물건을 많이 두었다. 옷은 부지런히 빠는 편이라 한두 벌로 생활할 수 있지만, 좋아하는 물건을 보지 못하면 기운이 영 안 났다. 이 집에도 '귀여운 물건들의 전시장'이 눈에 가장 잘 보이는 곳에 자리하고 있다.

완주 집에서 들고 온 나무 중문도 무사히 설치했다. 가지도 나이가 들어 그럴 일은 줄었지만 혹시라도 현관문을 열자마자 뛰쳐나가기라도 하면 우리 둘 다에게 불행한 일이다. 중문 앞에는 가지 화장실을 두었다. 현관에서 신발을 벗고 집안으로 들어서자마자 고양이 화장실을 마주하는 데다 인간이 출입할 공간이 무척 좁아지긴 하지만 고양이랑 살면 그 정도는 감수해야 한다. 혹시나 가지가 낯설어 화장실을 안 가면 어떡하나 걱정했는데 잘 사용해주었다. 역시 우리 고양이는 천재 고양이다.

그날 오후엔 등기소에 가서 '등기필정보 및 등기완료 통지서'를 받아왔다. 등기 업무가 완전히 끝났다는 뜻이다. 집에 돌아와 빨래를 돌리고 볕 좋은 베란다에 널었다. 이사 후 세탁기 최초 사용이다. 집이 정리되었으니 이제 처음으로 밥을 지어 먹을 차례다. 동네 마트에 가서 장을 보는데 상추나 감자, 가지, 호박 같은 채소류는 완주에서 사던 가격보다 두 배 이상 비싸서 손이 덜덜 떨렸다. 그렇지만 이렇게 생각하기로 했다. 도시의 편의가 있다면 도시의 물가도 있겠지. 잘 적응해서 살아봐야지.

도시의 편의가 있다면
도시의 물가도 있겠지.

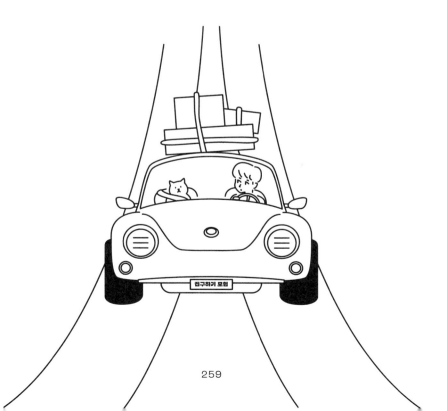

생활 밀착형 모험

전에 살던 집 보증금 받기

■ 준비물

+ (LH의 경우) 해약신청용 공인인증서

전 · 월세 세입자로 살다 보면 보증금을 제때 돌려받지 못해서 곤란한 경우가 많다. 나는 첫 번째 집에서 이사 나올 때 운 좋게 보증금과 장기수선충당금을 바로 받았다. 장기수선충당금은 시설물에 큰 수리비가 들어갈 때를 대비해 미리 조금씩 모아두는 예비비 같은 것으로, 집의 소유자에게 납부 의무가 있다. 그러니 세입자가 이 비용을 납부했다면 나중에 집주인에게 돌려받는 것이 당연한 일인데 집주인에 따라 번거로워지기도 한다. 나 또한 예전에 살던 집의 관리사무소에 내역을 알려달라고 갔더니 이 건으로 평소 분쟁이 많은지 불편한 기색을 보였다. 법적으로는 세입자가 부담하는 게 아니지만 지금껏 그 사실을 서로 몰랐기에, 오랫동안 그 비용을 돌려주지 않았던 집주인들이 왜 갑자기 자신이 납부해야 하냐고 따진다는 것이다. 관리사무소에서는 집주인과 싸우게 돼도 알아서 해주기를 신신당부했다. 참나, 관리비도 내가 내고 임대해서 살고 있는 동안은 내가 입주자인데 관리사무소는 입주자의 정당한 권리보다는 집주인의 심기를 건드리지 않으려고 하는구먼.

여러 집주인을 만나서 고생을 많이 한 세입자는 집주인이 국가, 즉 공기업인 게 얼마나 편한지 모르겠다고도 한다. LH 국민 임대 주택은 저렴한 임대료가 최대 장점이지만 그 외에도 변덕스러운 집주인이 없고, 수리 등 책임소재의 범위나 입주, 퇴거 절차가 규정으로 정해져 있어 눈치 보지 않고 마음 편히 살 수 있으며, 계약 기간을 꼭 지켜야 한다는 부담도 없으니까.

대신 LH에 살다가 이사를 나갈 때는 퇴거 신고, 즉 '임대 주택 해약신청'을 해야 한다. 신청일 기준으로 한 달 후 날짜부터 퇴거할 수 있다. 이 말은 즉, 최소 한 달 전에는 해약신청을 해야 한다는 뜻인데 깜박 잊고 기한을 넘겼거나 한 달 이내로 당기고 싶을 땐 고객센터 해피콜로 신청하면 가능하다고 한다. 관리사무소에 직접 방문하면 계약서와 도장, 통장 등 구비 서류가 여럿 필요한데 온라인으로 하면 간편하다. 보증금이 들어올 계좌도 번호만 입력하면 된다.

대전으로 이사하고 며칠 뒤, 관리사무소로부터 원래 살던 LH의 보증금에서 관리비와 일할 계산된 월세, 내가 보상해야 할 원상복구비를 공제한 금액을 입금해주겠다는 전화를 받았다. 관리비는 추정이라 금액이 확정되고 나면 차액을 추후 환불해준다고 한다. 말로만 안내하고 끝내려고 하기에 지금 이 내용을 그대로 이메일로 보내달라 부탁드렸더니 이메일은 수발신이 잘 안 될 때가 많다며 문자로 내역을 적어서 보내주겠다고 한다. 내역이 궁금해서 알고 싶은 거니 이런 형식적인 걸 잡고 늘어지진 않겠지만, 일 처리를 대강 하는 것 같아 당황스럽다. 그런데 잠시 후 내가 적어냈던 입금계좌가 잘못되었다며 전화가 다시 왔다. 어이쿠, 죄송합니다 소리가 절로 나왔다. 남들 흉볼 게 아니었어, 나나 잘하자. 결국 이메일로 통장사본을 보내고 보증금을 환불받았다.

나나 잘하자.

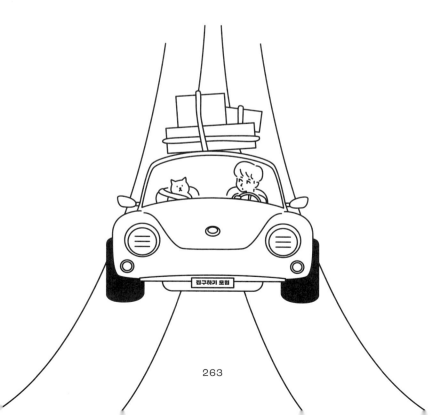

모험가들의 축제

잔칫집에 임의 선물 절대 금지

■ **준비물**

+ 필요한 물품 목록
+ 받고 싶은/절대 받고 싶지 않은 선물 목록
+ 타인의 선의를 순수하게 받아들이는 마음

이사하고 나면 꼭 "집들이는 언제 해?" 소리를 듣게 된다. 가까운 친구들은 이미 집에 와봤으니까 군이 집들이라는 이름이 필요하지 않았다. 막내가 어떻게 사는지 궁금한 가족들은 이미 다녀갔거나 일정 맞춰 약속을 잡았고, 축하의 마음을 전하고 싶은 친구들은 편한 방식대로 선물을 보내거나 격려금을 전해줬다.

'해야 되니까 하는 집들이'는 안 하고 싶다. 만약 집들이를 한다면 누구를 초대해야 할지도 고민이었다. 도대체 집들이는 언제 어떻게 생긴 악습인 건가. 괜한 화를 내다가 왜 집들이라는 이름의 행사가 생겼을지 돌이켜봤다. 새 가게의 개업식, 영화나 프로그램의 제작발표회, 새 차를 받으면 지내는 고사 같은 것들은 다 새로운 시작을 축하하고 목표한 걸 이루고 번창하기를 기원하며, 사고 없이 안전하게 생활을 이어가라고 염원하는 마음이 모인 자리일 것이다.

집들이도 그런 것이겠지. 새로운 공간에서 앞으로 잘 살라고 덕담을 전하고, 축하의 마음을 담아 필요한 생활용품이나 상징적인 물건을 선물로 건넨다. 나는 그 마음에 고맙다고 답하고, 집에 찾아온 손님을 정성껏 대접하면 된다.

집들이는 애정 어린 관심으로 어떻게 사는지 들여다보고, 필요한 거나 어려움은 없는지 살피고, 그 김에 남의 집 구경도 하면서 겸사겸사 놀 핑계가 뒤섞인 전통이다. 사람들이 왜 나에게 집들이를 하라고 하는지 갑자기 이해되었다. 진심으로 나를 축하해주고 싶어서였다. 괜히 남의 집에 가서 밥이나 먹고 오는 게 이유 없이 심심해서 할만한 일은 아니니까. 축하와 응원의 마음을 전하는 데는 계기가 필요했을 터다. 누군가에게 좋은 일이 생기면 바라는 것 없이 순수하게 축하의 마음을 전할 수도 있다. 타인을 집에 들여 식사를 대접해야 한다는 사실이 부담스러워서 본질을 잊어버렸다. 그래, 하자. 집들이.

나는 직장이나 학교에 다니고 있지 않은 상태라 의무적으로 초대해야 하는 사람도 없다. 가벼운 마음으로 집들이 초대장을 만들어 SNS에 올리고 주변에도 보냈다. 지역을 옮겨 이사하는 통에 전에 살던 동네 친구들을 부르기는 미안하니 근처에 살고 있는 친구들 위주로 초대했다. 멀리 이사 간 친구 집에 놀러 간다는 건 나한테는 큰 에너지를 필요로 하는 일이다. 와주면 고맙지만 안 와도 전혀 서운하지 않다.

전통의 기원을 떠올리며 사랑과 응원을 듬뿍 받겠다는 열린 태도로 잔치를 열었다. 집들이 초대장의 제목은 '가지네 집, 바닥 이사 축하 잔치'로 했다. 그리고 그 옆에 중요 문구로 '휴지, 화분, 장식품 등 임의 선물 절대 금지!'라고 썼다.

전에 살던 집에도 처음 방문하는 사람들이 화장지, 세제, 비누, 샴푸 등 전통적인 집들이 선물을 사오곤 했는데 나는 집에서 화장지와 샴푸를 쓰지 않고, 비누나 세제 향에 민감하다. 8년 전 집들이 선물로 받은 6개입 소형 갑 티슈는 두 갑을 친구에게 돌려주고도 올해 마지막 갑을 쓰는 중이다.

집들이라는 이름에 붙은 내 선입견을 피해서 '이사 축하 잔치'라고 지었고, 맘대로 사오는 선물은 절대 사절이었다. 집들이라고 하면 초대받은 사람도 뭘 사가야 할지 고민이 될 것 같았다. 인터넷에 집들이 선물을 검색하면 앞에 말한 생필품이나 내 눈에 세상 쓸데없는 장식품이 나오는데 그런 것은 우리 집에 오지 않았으면 한다. 내가 인정한 귀여움만 내 집에 입성할 수 있다. 가깝지 않은 친구일수록 취향과 선호를 모르니 장식품은 더 위험하고, 고양이 때문에 화분도 여러 번 실패한 터라 식물도 안 된다. 꼭 필요하면 나한테 물어보겠지.

필요한 게 있으면 사주고 싶다는 친구에게는 작업용 큰 테이블을 사고 싶으니 그 비용에 보태달라고 말하고 현금을 받았다. 현금을 받기 애매한 사이엔 적절한 예산 내에 나에게 필요한 물건을 내가 지정했다. 꼭 필요하진 않지만 내 돈으로 사긴 아깝고 사보고 싶은 것도 포함해서.

잔치는 주중반과 주말반으로 총 2회에 걸쳐 성대하게 열렸다. 집들이 언제 하냐고 계속 묻던 분 중 결국 일정상 오지 못한 분도 있다. 하지만 그 또한 나한테 잘 해주고 싶었을 뿐이었던 걸 안다. 감사하고 귀한 마음은 잘 전해졌다.

누군가에게 좋은 일이 생기면
바라는 것 없이 순수하게
축하의 마음을 전할 수도 있다.

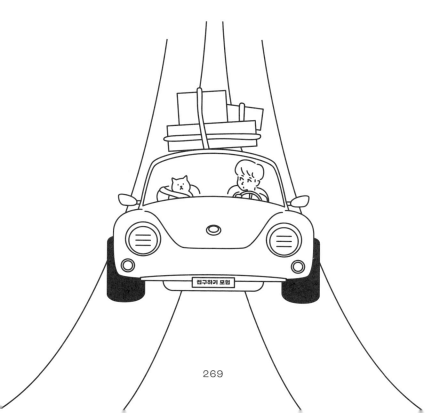

안전한 모험

안심하고 살 권리

■ **준비물**

+ 신고 정신('사소하지 않은'
  그 느낌을 믿어도 됩니다)

작은방 창에 방범용 새시(샷시)를 달기로 했다. 아무래도 집 앞 센서 등에 문제가 있는 것 같다. 복도에 사람이 지나가는 기척도 없고 아무 소리도 들리지 않는데 불이 켜진다. 가끔 현관 센서 등도 그런 문제가 생기곤 하니 살펴봐주셨으면 좋겠다고 관리사무소에 구구절절 상황을 설명했다. 고장도 고장이지만 그렇게 갑자기 새벽에 혼자서 켜지면 너무 무섭고 불안하다. 담당 직원분은 왜 그런지 이해할 수 없다는 듯 나를 본다. "등이 고장났다고요?"라고 되물으며 누군가 지나가면 당연히 불이 켜지지 않냐, 계단 쪽에서 사람이 걸어올 수도 있지 않냐며 대수롭지 않게 말씀하신다. "조용한 새벽에 갑자기 불이 켜진다니까요? 맨 끝 집이라 엘리베이터에서 내린 사람이 이쪽으로 올 일이 없잖아요. 계단으로 사람이 오면 발소리가 나겠죠. 소리가 전혀 안 나는데 불이 켜진다고요. 막말로 만약에 누군가 나쁜 마음을 먹고 몰래 숨어 있다가 나온 걸 수도 있잖아요. 자꾸 켜지면 너무 무서우니 일단 센서 등을 확인이라도 해주세요."

상대는 까다로운 입주자의 말도 안 되는 민원이라고 생각했을까. 바쁜 분들 붙잡고 시비 걸려던 건 아니었다. 혼자 사는 여성의 집에 침입하는 범죄 사건은 연일 뉴스에 오르내리고 있는데, 소리 없는 센서 등 작동이 '불안 요소'인 걸 어떻게 설명하면 좋았을까. 불안한 상황이니 관리사무소가 시정할 수 있는지 상의하고 싶었는데 그냥 나는 진상이 되고 만 것 같다.

잠시 뒤에 시설관리 담당 기술자님이 센서 등을 점검하러 왔길래 다가가 상황이 어떠냐 물었다. 센서 등 고장 신고를 받고 왔는데 (복잡하고 긴 나의 이야기는 맥락이 제거된 채 고장으로 접수될 뿐이다.) 고장은 아니라고 한다. 엘리베이터에서 내린 사람이 이쪽으로 조금만 와도 불이 켜지는 거라고 한다. 알죠, 제가 다 알죠. 근데 여긴 맨 끝 집이잖아요. 우리 집에 오는 사람이 아니고서야 이 끝까지 오면 이상한 거 아닌가요? 그런 사람은 신고해야죠. 관리사무소에서부터 참았던 속마음을 말로 뱉고 나니 그분은 더이상 아무 말도 없다. 계단으로 나가는 문을 통해 바람이 들어오거나, 벽 속 배전반 문이 덜컹거리는 아주 미세한 움직임에도 센서 등이 작동할 수 있으니 그 부분을 보완해주고 돌아갔다.

내가 너무 예민한 것일 수도 있다. 센서 등이 너무 민감해서 저 멀리 엘리베이터에서 내린 사람이 느리게 움직이는 것조차 감지하는 거라면, 아무 소리도 들리지 않지만 불이 켜지는 것도 이해할 수 있…나? 아니, 절대 이해가 안 되는데.

아파트에 등을 교체해달라고 하고 싶었지만 그렇게까지 요구할 순 없으니 개인이 방범창용 새시를 설치하는 쪽으로 안심에 필요한 비용을 들이기로 했다. 작은방 창은 두꺼운 커튼으로 빛이 들어오지 않게 막았다. 그 뒤로 문제가 있었던 적은 없다. 그러나 조용한 새벽, 불이 켜지면 여전히 놀란다.

**불안한 상황이니 상의하고 싶었는데
그냥 나는 진상이 되고 만 것 같다.**

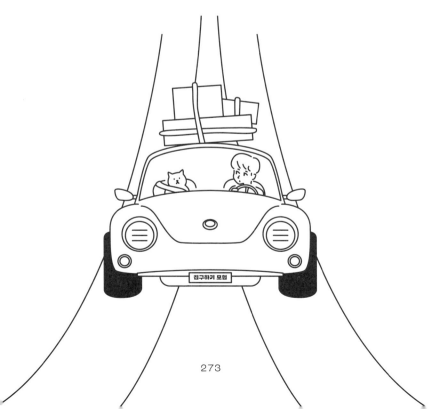

고양이도 모험 중

가지, 너도 얼마나 힘들었겠어

■ 준비물

+ 고양이 스트레스 완화 사료
+ 수의사의 처방을 받은 안정제

고맙게도 우리집 고양이 가지는 이삿날에도 얌전했고, 대전 집에도 잘 적응하는 것처럼 보였다. 캣 타워가 세 개에서 하나로, 고양이 화장실이 두 개에서 하나로 줄긴 했지만, 완주 집과 구조도 거의 비슷하고 쓰던 물건을 그대로 가져왔으니 가지도 예전처럼 잘 지냈다.

큰방에 소파와 책장을 양쪽 벽으로 붙이고, 바깥 풍경이 보이는 창가 자리는 이 집의 주인, 가지가 쉴 수 있도록 캣 타워를 두었다. 고양이를 모시지 않는 나의 가족은 이런 방 구조를 보고 이 집이 고양이 집이냐, 인간 집이냐 의아해했지만 고양이 집사들은 다 이렇게 산답니다.

이삿날 가지 수송 대작전을 담당해주던 호랑이조차도 이 집에 딱 하나 흠이 있다면 저 무시무시하게 큰 캣 타워일 거라며, 저것만 없어도 이 집이 훨씬 넓어질 거라고 난리다. 고양이랑 사는 다른 친구들 집에 가봤지만 이렇게 큰 캣 타워는 처음이란다. 아니 저는 앞뒤 베란다와 큰방에 한 개씩, 캣 타워가 총 세 개이던 시절이 그립고, 가지 님 운동을 위해 '캣 휠'을 사고 싶지만 도저히 놓을 곳이 없어서 못 사고 있는데 그런 말씀을 하다니요. 저를 사랑하는 마음이 커서 안타까워하는 거 잘 알겠습니다. 그렇지만 "이렇게 큰 캣 타워 처음 봐" 하는 소리는, 비난이 아니라 고양이 집사를 으쓱하게 해주는 칭찬으로 들린다는 사실을 아는지. 조만간 소파를 빼고 캣 휠을 들일지도 모를 일이다.

이사를 왔으니 가지가 다닐 동물병원을 알아둬야 한다. 완주에 살 때는 인근 큰 도시인 전주까지 병원을 다녔는데, 한 번 갈 때마다 40분 이상 차를 타서 가지가 스트레스를 많이 받았다. 대전은 큰 도시고 집도 번화가라 근처에 병원이 많다. 인간도 명의를 찾아 이 병원 저 병원 다니듯 동물에게도 잘 맞는 병원 찾기가 어렵고도 중요하다. 인맥을 총동원해서 병원 정보를 찾아보려 했지만, 대전 친구 중에는 고양이랑 사는 사람이 없어 마땅한 정보를 얻지 못하고 있던 중, 고양이 관련 정보를 주고받는 인터넷 카페를 샅샅이 뒤져 괜찮은 정보를 발견해냈다. 이번에도 인터넷 선생님들이 귀한 경험을 많이 나눠주셨다. 집에서 멀지 않은 곳에 과잉 진료 없고 친절한 수의사 선생님이 운영하는 작은 병원이 있었다.

그렇게 방문한 병원은 역시나 정겨웠다. 선생님은 가지를 이동 장에서 꺼내지도 않고 슬슬 달래 순식간에 예방주사를 놓는다. 아니 병원에 왔는데 가지가 이렇게 얌전하다고? 고양이 도사님 아니야? 과거에 방광염에 걸린 적 있고 최근에 집을 이사했다고 이야기하니 스트레스를 완화해주는 처방 사료를 권하셨다. 나는 홀린 듯이 처방 사료를 사왔다.

병원에 다녀온 지 한 달 뒤, 이사 온 뒤로는 4개월이 다 되어갈 때쯤 뭔가 이상한 낌새가 보였다. 가지가 화장실에 잘 못 가는 느낌이 든다. 새벽에 큰 소리로 울면서 (그

무게로!) 내 배 위에서 꾹꾹이를 해대며 나를 깨우는 일은 다 반사였지만, 집사의 직감이 뭔가 있다고 말한다. 목소리가 다르다. 이건 고통스럽다고 내는 울음소리다. 화장실에 들어가서도 한참 애를 쓰다가 겨우 소변을 보거나 보지 못하고 그냥 나온다. 응급상황이다. 놀란 마음을 진정시키고 울면서 병원으로 달려갔다.

도사 같던 수의사 선생님은 차분히 내 이야기를 듣더니 초음파 검사와 처치가 필요한데 여긴 장비가 없으니 근처의 큰 병원으로 가라고 소개해주었다. 인터넷 선생님들의 추천 목록에도 있던 병원이다. 무엇보다 지금 이 순간엔 도사님을 믿는다. 가는 날이 장날이라고 그날따라 휴대전화가 고장나서 더 정신이 없었다. 주차료를 내야 하는데 현금도 없고 휴대전화로 계좌이체도 할 수 없는 상황이라 어쩔 줄 몰라 하고 있으니, 동물과 함께 울면서 뛰어들어온 내 상황이 긴급해 보였는지 주차관리원분도 그냥 가라고 해주었다. 감사합니다, 감사합니다, 절을 하면서 큰 병원으로 향했다. 이럴 때 사고 나면 큰일 난다. 정신 바짝 차리고 운전해라.

가지는 방광염 재발 진단을 받았고 시술과 사후 관리를 위해 바로 입원했다. 평소라면 초진에 입원을 권하지 않을 텐데, 아주 걱정할 만큼 응급상황은 아니지만 그래도 입원치료가 좋겠다는 이야기를 들었다. 이런 일이 처음이라 나도 가지도 너무 당황했지만 이럴 땐 집으로 데려가겠다

277

고집을 피울 수도, 병원비 걱정을 할 수도 없다. 말 못 하는 동물이 아프면 같이 사는 인간은 다 자기 잘못인 것 같아 억장이 무너진다.

다음 날 면회를 갔다. 입원실 앞에서 가지를 멍하니 보기만 했다. 선생님은 처치는 잘 됐지만, 가지가 밥을 안 먹어서 걱정이란다. 보호자가 밥을 먹여보라는데 가지가 원래 제 말은 더 안 듣거든요. 아파서 심기가 매우 불편한데 기운은 없어서 짜증도 못 내는 가지를 보고 있으려니 아주 속상해 죽겠다. 다행히 그다음 날엔 밥을 먹기 시작했단다. 면회를 갔을 때 신경질을 잔뜩 부렸다. 녀석, 이제 기운이 나는 모양이구나. 다행이다. 그렇게 3일 입원하고, 방광염 약과 보조제, 스트레스 완화와 체중 감량을 위한 처방 사료를 받아왔다. 고양이도 정상 체중을 유지해야 하는데 특히 가지는 방광염을 조심해야 하니 감량이 필수란다.

의사 선생님은 가지의 방광염이 이사 스트레스 때문인 것 같다고 했다. 전에도 방광염에 두 번 정도 걸렸는데 한 번은 화장실 모래를 내 마음대로 바꿔서 기분 나쁘다고 화장실을 안 가서, 또 한 번은 새벽에 하도 깨워대니 일상생활을 할 수 없길래 잠잘 때만이라도 침실에 들어오지 말라고 문을 닫고 잤더니 빈정이 상해서였다. 그때 다짐했었지. 인간이 숙면 좀 못 취하면 어떻습니까, 집에 모래가 굴러다니면 어떻습니까, 더 부지런히 치우고 가지 님 보필하면서 사는 게 내 팔자다. 가지가 안 아프기만 하면 뭐든 할 수 있다.

　그런데 이사 스트레스라니, 이사 온 지 몇 달이나 지
났는데 그럴 수도 있나? 알고 보니 이사를 앞두고 있을 때
는 한 달 전부터 스트레스 완화 처방 사료를 먹으면서 이사
때 받을 스트레스에 대비하는 게 좋다고 한다. 대부분의 고
양이는 자기 영역이 확실한 동물이라 낯선 곳으로 이동하
는 건 물론 가구 배치가 바뀌는 정도의 환경 변화에도 스
트레스를 느낀다고 한다. 고양이도 이사 전부터 미리미리
준비가 필요하다. 그러게 인간이 아무리 말을 해줘도 이사
가는 걸 알 리 없으니 너도 놀라고 힘들었겠다. 그치. 미안
해, 앞으로 더 잘할게.

　그것도 모르고 나는 이삿날 가지가 얌전해서 신기하
다고만 생각했다. 차 타는 것도 싫고 어딘가 모르는 곳으
로 가는 게 불안하지만 그래도 인간인 나를 믿고 참아준 걸
까. 이사 대비도 미리미리 못해줬는데 대견하게도 무섭고
불편한 걸 겨우 참고 있었구나. 말 못 하는 네 맘을 내가 먼
저 헤아렸어야 하는데 미안하고 또 미안해. 이제부턴 행복
하게 살자. 근데 가지야, 너 살 빼야 한대. 체중 조절용 처
방 사료 먹고 운동도 많이 해야 한대. 가지는 밥투정 안 하
는 착한 고양이니까 사료 걱정은 안 하는데 감량이 문제다.
그러려면 정말 캣 휠이 필요할 거 같은데….

자기 걱정하느라 좋은 제품 가격 비교해서 열심히 찾아보는 인간 마음도 몰라주고 쿨쿨 잠만 잘 자네, 우리 가지. 하긴 인간 마음 알아줄 필요 있나, 내 욕심이지. 잘 먹고 잘 자고 아프지 말고 나랑 있는 동안 잘 지내기만 하면 된다.

이런 생각을 하는 동안 가지는 금세 잠에서 깼다. 아, 네! 베란다 문 열어달라고요. 열어드려야죠. 내가 좋아하는 창밖 풍경을 가지도 좋아한다. 나뭇잎이 바람에 흔들리는 모양, 작은 새가 날아와 나무에 앉아서 지저귀는 소리, 멀리서 들려오는 동네 고양이의 울음, 창밖으로 보이는 사람들의 움직임 등 밖에 구경할 게 많아서 가지도 좋지? 창을 조금 열어주면 바람과 햇살을 만끽하며 나른하게 앉아 있는 모습이 정말 사랑스럽다. 이 순간의 평화가 고맙고 또 고마워서 우리 두 식구를 위해 열심히 살아야겠다고 다짐한다.

고양이도 이사 전부터
미리미리 준비가 필요하다.

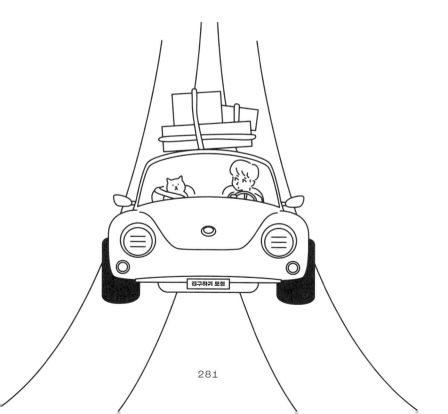

모험가의 일상

다른 듯 같은 평범한 하루

■ **준비물**

+ 믿음과 사랑

+ 다짐

내 집이 생겨서 좋은 점을 딱 꼬집어 말할 순 없는데, 나쁘다고 말할 게 없는 상태가 엄청 좋은 상태일지 모른다는 생각이 든다. 굉장히 유능한 여행 가이드와 여행을 할 때나 서비스가 좋은 식당에서 밥을 먹을 때 가장 만족하는 순간은 나를 특별히 대우해준다고 느낄 때가 아니라, 그들이 있는지 없는지 인식하지도 못한 채 여행이나 식사가 만족스럽게 끝났을 때다. 어떤 것은 존재감이 느껴지지 않는 방식으로 위대함을 드러낸다.

집이 주는 안정감도 그와 비슷할 것 같다. 집이 있어서 너무 좋다기보다는, 집이 없어서 생기는 막연한 불안이 없다고나 할까. 집에 대한 불확실성이 상당 부분 사라진다. 집주인이 따로 있는 집이나 내가 집주인인 집이나, 문제는 생길 수 있다. 그렇지만 문제 해결의 양상이 완전히 달라질 것이다. 내 집일 땐 능력이 있든 없든 내가 문제를 해결한다. 책임도 권리도 나에게 있으니 모르면 배우고, 부족하면 채우면서 노력하고 실패하면서 그 과정을 거친다. 반면 집주인의 집에서는 내가 어떻게 할 수 없는 일도 많고, 집주인이 어떻게 나올지 예측하기도 힘들다. 그러는 동안 문제가 해결되지 않은 집에서 살아야 하는 사람은 나다. 특히 큰 비용이 들어가는 수리가 필요한 경우, 이도 저도 할 수 없다는 무력감, 언제 해결될지 모른다는 막막함, 존중받지 못했다는 모멸감, 도저히 상황을 이해할 수 없는 답답함을 느끼는 친구들을 많이 봤다. 그런 '집주인'이 없어야 하겠지만 아직도 꽤 많은 것 같아 안타깝다.

나는 이제 집주인이 되었으니 다른 갈등과 어려움에 에너지를 낭비할 일 없이 훨씬 안정적이고 성숙한 삶을 살…면 좋으련만 사실 이사 후에도 컨디션은 오락가락이다. 알람 없이도 벌떡 일어나 기분 좋게 하루를 시작하는 아침이 있는가 하면, 회사 다닐 때처럼 5분만 더, 10분만 더, 하며 몸부림치는 아침도 있다.

그나마 가지 덕분에 몸을 일으킨다. 밥때가 되면 가지는 앞발에 체중을 실어 내 가슴을 꾹꾹 누른다. 당장 일어나서 밥그릇을 채우지 못할까. 어어, 눈을 반쯤 감고 걸어가 고양이 밥그릇에 사료를 붓는다. 몸을 일으킨 김에 정신도 잠에서 깨울 수 있으면 참 좋으련만 다시 이불 속으로 미끄러진다. 그렇게 한참을 더 자고 겨우 일어나면 바로 집 여기저기 놓아둔 가지 물그릇에 새 물을 채워주고 화장실도 치우면서 서서히 잠을 깬다. 완주든 대전이든 다를 것 없는 하루의 시작이다. 잠자리를 정리하고 커튼을 열고 혹시 미뤄둔 설거지가 있으면 치우고 너저분한 책상도 정리한다.

이어서 커피나 차를 끓이며 어제 있던 일을 기록한다. 가지도 나도 좋아하는 자리, 나무가 보이고 볕이 잘 드는 자리에 앉는다. 볕이 움직이면 나도 따라 움직이려고 작은 책상을 샀다. 가지가 어디에 있든 책상을 들고 따라가면 가지를 보며 있을 수 있다. 작은 책상에서 일기를 쓰다가 큰 책상으로 출근해서 일을 하고, 밥을 지어 끼니를 챙긴다.

밥하기 귀찮을 땐 배달 음식을 시킨다. 도시에서는 이른 아침이나 늦은 밤에도 꽤 다양한 음식을 시킬 수 있더라. 저녁엔 도시 문화를 체험하듯 다양한 종목의 운동 수업을 하나씩 들어보고, 큰마음 먹지 않고도 가볍게 마실 다녀오듯 영화를 보러 간다. 일해야 하는데 자꾸 울적한 마음이 밀려들 때는 집 앞 카페나 동네 식당에 간다. 역시 도시엔 뭐가 참 많다.

완주에 살 땐 쓸쓸한 마음이 들면 만경강에 갔다. 강물과 하늘과 들판을 보며 지칠 때까지 걸었다. 일하기 싫을 때는 주로 도서관으로 향했다. 마주치는 사람은 거의 없거나 한두 명 정도였다. 눈에도 귀에도 거슬리지 않는 적당한 인구 밀도. 그 정도의 여유가 좋다.

대전은 아무래도 대도시라 사람이 훨씬 많다. 갑갑해서 도서관에도 오래 앉아 있지 못하겠다. 다행히 집 가까이 공원이 있어 아주 못나지는 않은 길을 걸을 수 있지만, 영 마음에 차지 않는다. 고작 그런 자연을 만나려고 집을 나설 마음을 먹기가 어렵다. 귀촌해서 살 때 좋은 점과 싫은 점이 여기 도시에서는 정반대다. 그럴 줄 알고 왔으니까 어쩔 수 없다. 선택과 결정 후에는 되돌릴 궁리보다는 나아질 방법을 찾는 게 좋다. 가지지 못한 것을 계속 아쉬워하지 말고, 할 수 있는 걸 하자고 다짐해본다. 여기서도 좋아하는 장소과 시간을 찾을 수 있다.

가끔은 새벽시장에 가서 할머니 사장님에게 상추와 버섯을 사야지. 사람이 없는 시간을 잘 노려서 수영장에 가야지. 차를 타고 멀리 나가더라도 가슴이 뻥 뚫리는 풍경을 보러 가야지. 병원이나 운동센터가 가까워서 좋은 만큼 성실하게 몸을 살펴야지.

집이 있어서 너무
좋다기보다는,
집이 없어서 생기는
막연한 불안이 없다고나 할까.

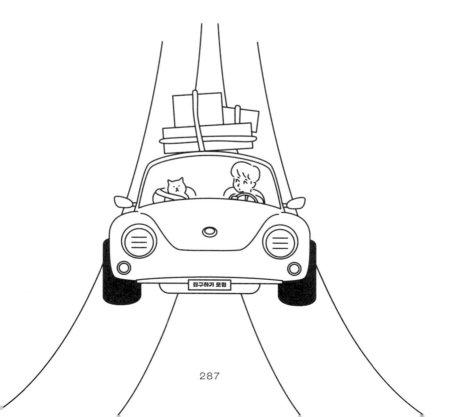

모험을 마치며

감히 욕심 좀 부려보자고요

오랜만에 전화로 안부 인사를 나누던 친구가 '자가 이보현 선생'이라며 기분 좋은 농담을 건넸다. '자가러'인 친구도 세입자일 때는 계약 만료에 쫓겨 급하게 집을 구하느라 서러웠지만 막상 이사 다니지 않아도 되는 집이 생기니 안정감이 크더라며, 자기 일처럼 진심으로 축하해줬다. 상대적으로 집 때문에 고생을 많이 하지 않았던 나는 괜스레 민망해졌다. 완주에 혼자 정착해서 금방 주거 안정을 이룬 편이었고 전에도 집 없는 설움을 크게 느끼지는 않았다. 운이 좋은 편이기도 했지만 서울 생활을 정리하고 귀촌인으로 독립생활을 시작했기 때문일 것이다.

살고 싶은 곳을 찾아갔는데 다행히 살기 좋은 곳이었다. 서울살이에 지쳐있을 때 맑은 공기과 여유를 찾아 시골로 갔다. 충분하다 싶을 때 다시 내게 더 숨쉬기 좋은 공기를 찾아 이동했다. 이번엔 친구와 활기를 찾아 도시로 왔다. 그곳이 어디든 마음이 원하는 곳으로 향했다.

언제까지 여기 대전에 살게 될지는 모른다. 언제고 맞지 않는 자리라는 생각이 든다면 어쩔 수 없이 다시 떠나야 하지 않을까. 이번엔 자가 이보현 선생이 되었으니 몸이 더 무거워지려나. 세탁기와 냉장고, 장롱과 소파에도 이사를 쩔쩔매던 내가 이제는 그 모든 것을 품고 있는 집 한 채를 감당해야 한다. 그런데 외려 소파보다 집에 대한 마음은 편안하다.

내가 감히 집을 살 수 있을까, 집을 사도 될까, 라는 두려움이 있었다. 내 일생일대 최대의 프로젝트. 실력에 비해 스스로를 과대평가하고 있는 건 아닐지 의심하기도 했다. 나는 돈을 더 모았어야 했고, 직업인으로 더 성실했어야 했고, 자기 분야에서 어느 정도 성공했어야 했는데 지금 네 모습을 봐라, 너는 아직 준비가 안 되었어. 아직 자격이 없다는 말을 누구보다 강하게, 매일 하는 사람은 바로 나였다.

나는 내가 하는 일에서도 늘 부족하다며 스스로 박한 평가를 내린다. 물론 근거 없는 자신감도 위험하지만 나는, 우리는, 특히 한국 사회의 여성들은 너무 겸손하다. 근거가 있는데도 자신감이 너무 없다. 다 그런 건 아니겠지만 많은 수가 나처럼 자신을 불신하고 완벽한 수준에 이르지 못했다며 주눅들어 있을지 모른다. 살아오면서 그렇게 교육받고, 그런 취급을 받다 보니 그 마음이 당연한 거라고 믿게 되었다. 조금 욕심내도 좋을 법한데 양보하거나 지레 포기한다. 충분히 해낼 수 있는 일도 할 수 없다며 뒤로 빠진다. 충분히 잘하고 있는데 아직 부족하다며 자신을 채찍질한다. 개인의 잘못이라고 할 수 없지만, 변화는 개인으로부터 시작된다. 근거 없는 자신감으로 벌인 일이라도 어지간하면 뒷수습을 할 수 있다. 분명 할만하니까 했을 거다.

나는 그래서 집을 사보기로 했다. 할 수 있다. 욕심을 내도 좋다. 나는 자격도 능력도 이미 충분하다. 이 선택이

불러올 미래를 감당할 수 있다. 가족의 도움이든, 다른 종류의 지원이든, 대출이든, 집을 산다는 건 엄두 내지 못할 엄청난 일이 아니다. 고려할 가치도 없는 허무맹랑한 일이라거나, 굳이 거부해야 하는 이상한 선택이 아니다. 남들이 한다고 무조건 따라가는 분수에 맞지 않는 가짜 욕망도 아니다. 지금 내가 처한 현실과 마음이 원하는 자연스러운 진짜 욕망, 해본 적 없지만 욕심나는 도전이었다. 어떤 일이 벌어지더라도 나는, 우리는 삶을 책임질 수 있다.

한창 이삿짐을 정리하다가 좋았던 순간을 기억한다. 짐 더미에서 캠핑 의자를 꺼내 바람의 길목에 앉았다. 창밖으로 나무가 보인다. 후덥지근하지만 그래도 계속 바람이 분다. 가지는 평소처럼 캣 타워에서 종일 자고, 가끔 내려와 밥을 먹고, 화장실도 잘 간다. 다르지만 또 같은 우리의 하루. 너무 더워서 집에서 가장 시원한 장소를 찾았더니 화장실 타일 위여서 고양이처럼 타일 바닥에 앉아 원고를 썼다. 그러다 벌떡 일어나 베란다에서 가지가 창밖 구경하는 걸 지켜본다.

하고 싶은 것들을, 할 수 있는 만큼, 하고 싶을 때 하면서 그렇게 살 것이다. 여기 대전에서, 나의 집에서.

Editor's letter

집을 구하는 스펙터클한 모험기가 담긴 책입니다. 집 이야기지만, '내 주제에' 혹은 '엄두가 안 나' 싶었던 도전에 한 걸음 다가갈 용기를 낸 생생한 경험담이기도 해요. 책을 다 읽고 나면 모험가가 된 기분을 느끼실 수 있을 거예요. **현**

자기만의 방 첫 책이기도 한 『안 부르고 혼자 고침』에 이어 이보현 작가님과 두 번째 이야기를 펴냅니다. 작가님을 설명하는 말은 참 많겠지만 저는 그중 '성실한 생활인'이라는 표현을 참 좋아해요. 이왕이면 다른 사람의 손을 빌리지 않고 직접 해보는 일, 그리고 작은 경험들을 계속 쌓아가는 일, 진정한 자립에 관한 이야기를 전작에 이어 이번 책에도 가득 담았습니다. 내 집 마련 속에 차곡차곡 단단하게 쌓아 올린 생활인의 이야기가 주민님들께 잘 가닿았으면 좋겠어요. 우리는 우리의 삶을 책임질 수 있으니까요! **령**

이왕이면 집을 사기로 했습니다

1판 1쇄 발행일 2023년 5월 29일

지은이 이보현
발행인 김학원
발행처 (주)휴머니스트출판그룹
출판등록 제313-2007-000007호(2007년 1월 5일)
주소 (03991) 서울시 마포구 동교로23길 76(연남동)
전화 02-335-4422   **팩스** 02-334-3427
저자·독자 서비스 humanist@humanistbooks.com
홈페이지 www.humanistbooks.com
시리즈 홈페이지 blog.naver.com/jabang2017
디자인 스튜디오 고민   **용지** 화인페이퍼   **인쇄** 삼조인쇄   **제본** 해피문화사

자기만의 방은 (주)휴머니스트출판그룹의 지식실용 브랜드입니다.

© 이보현, 2023
ISBN 979-11-6080-697-7 (03810)

• 이 책은 저작권법에 따라 보호를 받는 저작물이므로 무단 전재와 무단 복제를 금합니다.
• 이 책의 전부 또는 일부를 이용하려면 반드시 저자와 (주)휴머니스트출판그룹의 동의를 받아야 합니다.